KB189550

최소한의 품격

최소한의 품격

김 기 석

현암사

일러두기

1   이 책은 2021년부터 현재까지 《국민일보》, 《경향신문》, 《월간에세이》에 게재된 칼럼을 주제별로 분류해 재구성한 것입니다. (130쪽, 2부 10장 발제문 제외)

2   맞춤법과 띄어쓰기는 국립국어원 한글 맞춤법에 따랐습니다.

3   외국 인명이나 지명 등은 되도록 국립국어원의 외래어 표기법을 따르되, 필요에 따라서는 원어에 가깝게 표기하는 것을 원칙으로 삼았습니다. 단, 굳어진 용례는 관행을 따라 표기했습니다.

4   외서와 영화 등은 국내에 번역된 명칭을 따랐습니다.

5   기호의 쓰임새는 다음과 같습니다. 『 』 단행본, 「 」 시·단편, 《 》 잡지·신문, 〈 〉 영화·연극·음악·그림 등.

들어가는 글

문득 익숙한 세계가 낯설어질 때가 있다. 오랫동안 당연하게 여겼던 것들이 하나둘 무너지고, 선명하던 것들이 흐릿해지며, 단단하게 믿어온 신념마저 속절없이 흔들릴 때, 우리는 불안과 허무 속에서 길을 잃는다. 세상이 마치 부정형의 어둠 속으로 스며드는 듯한 감각, 모든 것이 무질서한 소용돌이로 빨려 들어가는 순간, 우리는 그제야 자신이 어디에 서 있는지를 돌아보게 된다.

이 책은 그런 순간들의 기록이다. 불안과 혼돈 속에서 삶의 본질을 마주했던 경험, 절망의 끝에서도 희망을 길어 올린 사람들, 상처와 슬픔을 껴안으면서도 끝내 삶의 아름다움을 놓지 않았던 존재들에 대한 이야기다. 우리 시대의 불의와 싸우고, 망각에 저항하며 기억을 지키는 이들의 목소리를 되새기며, 지금 우리가 숨 쉬는 이 공간이 결국 누군가의 용기와 희생으로 만들어졌음을 기억하려는 글이다. 동시에 불확실성과 부조리로 가득한 세상에서도 의미를 찾으려는 이들에게 바치는 감사이기도 하다.

죽음과 상실은 우리를 근원적인 질문 앞에 세운다. 살아간다는 것은 무엇이며, 우리는 무엇을 위해 존재하는가? 삶의 의미를 되묻는 과정은 결코 쉽지 않다. 그러나 그러한 질문들은 우리가 무심코 지나쳤던 삶의 신비를 다시금 인식하게 만든다. 익숙한 것이 낯설어지는 순간, 당연하게 여기던 것들이 하나의 선물임을 깨닫는 순간, 우리는 존재의 경이로움을 발견하게 된다. 그것은 단순한 깨달음이 아니다. 삶을 바라보는 우리의 시선이 근본적으로 바뀌는 전환점이다.

사회적 변화가 필요할 때, 억울한 죽음 앞에서 진실을 요구할 때, 불평등과 차별을 개선하려 할 때마다 우리는 '때가 되면 저절로 이루어질 것'이라는 말을 강요받는다. 그러나 역사는 가르쳐준다. 자유와 정의는 스스로 찾아오는 것이 아니라, 피어나는 것이 아니라, 누군가의 분투와 희생을 통해 간신히 쟁취되는 것임을.

세상은 그들을 성급하고 질서를 흐트러뜨린다며 불온한 존재로 낙인찍는다. 그러나 루터의 말처럼, '기다림'이란 종종 '거절'의 다른 이름일 뿐이다. 정의를 지연시키는 것은 정의를 부정하는 것과 다르지 않다. 우리는 더 이상 기다릴 수 없다. 기다림 속에서 희망이 사라진다면, 결국 남는 것은 절망뿐이기 때문이다. 희망은 거대한 변화에서 시작되는 것이 아니라, 한 사람의 묵묵한 행동 속에서 싹튼다. 우리가 불온함을 잃지 않고, 기다림이 아닌 행동을 선택할 때, 세상은 더 나은 방향으로 나아갈 수 있다.

이 책이 독자들에게 단절과 혼돈의 시대를 살아갈 힘이 되기를 바란다. 우리가 살아간다는 것 자체가 기적임을 깨닫고, 상처를 예술로 빚어내며, 희망을 스스로 창조해 나가는 용기를 가지기를 바란다. 삶의 표면을 넘어서 한 걸음 더 깊은 곳으로 나아가기를 꿈꾸는 이들에게, 이 책이 작은 위로이자 길잡이가 되기를 소망한다.

2025년 3월

김기석

차례

2부 삭막하고 곤두선 전쟁터

3부 다시 채우는 힘

1 부

삶의 지표를

잃어버리다

/.
'지구 문해력'을 높일 때

—

    재보궐선거가 끝났다. 정부의 실정과 다수당인 여당의 무책임에 대한 국민의 추궁이 매서웠다. 승리와 패배의 요인에 대한 분석 기사들이 넘쳐난다. 최근 몇 년 사이에 벌어진 일들을 보며 시민들은 여와 야 사이에 이념이나 도덕성에 큰 차이가 없다고 판단한 것으로 보인다. 삶은 위태롭고 미래의 전망 또한 암울할 때 사람들이 집권 여당에 분노하는 것은 당연하다. 문제는 경제와 정치가 우리 삶을 과잉 대표할 때 현실을 차분하게 진단하고 역사가 지향해야 할 방향에 대한 논의가 끼어들 자리가 없다는 것이다.

정치권의 시선은 이미 내년에 열리는 대선과 지방 선거를 향하고 있다. 대중들의 욕망에 예민할 수밖에 없다. 자칫 잘못하면 욕망이라는 이름의 기관차가 정치적 지향과 실천을 이끌고 갈 수도 있는 상황이다. 욕망은 자기중심적이기에 배타성을 띠기 마련이다. 대중의 욕망을 적절히 제어하면서 공공성을 강화해야 할 정치가 그 책임을 방기하고 사람들의 눈치를 보는 순간, 가장 큰 피해를 입는 것은 사회의 가장자리로 내몰리는 사회적 약자들이다.

그리고 또 있다. 하나 밖에 없는 초록별 지구이다. 인간은 발전과 진보라는 미명하에 지구의 엔트로피를 높이는 일을 서슴지 않는다. 우리 모두의 삶의 터전인 지구는 신음하고 있다. 코로나19는 생태계의 균형을 무너뜨린 인간에 대한 자연의 역습이건만, 그 위기의 한복판에 있으면서도 성찰은 좀처럼 일어나지 않는다. 멈춤 신호가 켜진 지이미 오래건만 사람들은 가속페달에서 발을 떼려 하지 않는다. 행복의 신기루를 좇고 있기 때문이다.

문명의 대안을 찾는 이들은 지구 문해력Earth literacy이라는 용어로 우리 시대를 진단하기도 한다. 문해력이 문장을 읽고 이해하고 그것을 자기 삶에 적용하는 능력이라면, 지구 문해력이란 우리가 살고 있는 이 지구의 생명을 이해하고 그 신비에 귀를 기울이는 것이라 할 수 있겠다. 안타깝게도 현대인들 특히 도시인들의 지구 문해력은 매우 떨어진다. 우주의 신비 안에서 우리 삶을 바라보는 통합적인 능력을 잃었기 때문이다. 경외감을 잃는 순간 세상은 시장 바닥으로 변한다. 이익이 블랙홀처럼 모든 가치를 삼키는 사회는 위험하다. 지금 우리에게 절실한 것은 우리 삶을 조망하는 높은 관점이다. 정신이 높이와 깊이를 잃어버려 납작해질 때 사람은 누구나 욕망의 전장에서 살아남을 생각에만 골몰한다.

정치인들에게만 우리 운명을 맡겨둘 수 없다. 엔트로피가 높아진 사회, 즉 혼돈과 무질서가 축적되어 사람들이 더 나은 삶을 상상하지 못할 때 문명은 붕괴한다. 지금 우리가 처한 위기가 자못 심각한데 단기적인 처방만 남발해서는 안 된다. 세계관이 바뀌어야 한다. 옛 사람의 말처럼 막히면 변해야 하고, 변하면 통하기 마련이다. 과연 변할 수 있을까?

미국의 생태학자인 로빈 월 키머러Robin Wall Kimmerer는 『향모를 땋으며Braiding Sweetgrass』라는 책에서 아메리카 원주

민인 오논다가Onondaga 부족의 한 전통을 소개하고 있다. 그 부족은 한 주를 시작하거나 끝낼 때 감사 연설을 한다고 한다. 감사 연설은 그 부족의 언어로는 '모든 것을 앞서는 말'이다. 그들은 우리 삶을 에워싸고 있는 모든 것에 감사를 표한다. 생명의 순환, 모든 것을 주는 대지, 물, 생물, 땅에서 자라는 작물, 약초, 각종 동물들. 이 목록은 한정 없이 길어질 수 있다. 그들에게 자연 세계는 인간이 착취해도 괜찮은 대상이 아니라 사귀어야 할 주체다. 각각의 대상을 기억하는 감사 연설은 언제나 "이제 우리의 마음은 하나입니다"라는 말로 끝난다. 이 선언은 보이지 않는 끈이 되어 의식에 동참한 이들의 마음을 묶어줄 것이다.

키머러는 감사를 표현하는 것은 순진무구해 보이지만 실은 혁명적이라고 말한다. 소비사회에서 만족은 급진적 태도이기 때문이라는 것이다. 경제는 공허를 필요로 하는 데 비해 감사는 충만을 계발한다. 우리 삶에 꼭 필요한 것들은 어쩌면 가까이에 있는지도 모른다. 다만 우리 눈길이 다른 곳을 떠돌고 있을 뿐.

(2021.04.11.《경향신문》)

2.

우리는 지지 않는다

—

1963년 4월, 마틴 루터 킹Martin Luther King Jr. 목사는 흑인 민권운동을 조직하고 후원하다가 체포되어 버밍햄 시립교도소에 갇히게 되었다. 어느 날 그는 교도소 안으로 들어온 신문을 뒤적이다가 주요 교파에 속하는 성직자 여덟 명이 낸 광고를 보게 되었다. 그들은 민권 운동을 위한 시위를 비판하면서 시위 가담자들을 극단주의자, 범법자, 무정부주의자로 규정했다. 그 글 어디에서도 시위가 일어날 수밖에 없었던 상황이나 조건에 대한 언급 혹은 성찰은 없었다. 루터는 그들에게 매우 정중하고 논리정연하면서도 예언자적인 열정으로 가득 찬 장문의 편지를 보냈다. 그는

자유란 압제자가 자발적으로 베푸는 것이 아니라, 피압제
자들이 투쟁을 통해서만 겨우 손에 넣을 수 있다는 사실을
뼈저린 경험을 통해 배웠다며 이렇게 말한다.

> "오랜 세월 동안 나는 '기다려라!'는 말을
> 들어왔습니다. 그 말은 흑인이라면 누구나 귀가
> 닳도록 들어온 말입니다. '기다려라!'라는 말은
> 대부분 '안 돼!'라는 의미입니다."

누릴 것을 다 누리고 사는 이들은 현상 질서를 교란하
는 이들을 불온한 인물로 낙인찍는다. 때가 되면 저절로
이루어질 일을 너무 서두른다고 말하기도 한다. 하지만 루
터는 정의 실현을 지나치게 지연하는 것은 정의 실현을 방
해하는 것이라고 단언한다. 그는 "흑인의 지위 향상을 가
로막는 중대한 장애물은 '백인시민평의회'나 'KKK단'이
아니라, 정의보다는 '질서' 유지에 더 많은 관심을 가진 온
건한 백인들"이라는 결론에 이르렀다고 말한다. 어느 시대
에나 사회 변화를 위해 헌신하는 이들을 괴롭히는 것은 악
한 사람들의 몰이해가 아니라 선량한 사람들의 천박한 인
식이다. 루터는 "인류의 진보는 기꺼이 신의 협조자가 되
고자 하는 사람들의 지칠 줄 모르는 노력을 통해서 이루어

지는 것"이라고 말한다.

　장애인들의 이동권을 보장하라며 전국장애인차별철폐연대(전장연)가 아침마다 시위를 벌이자 공당의 대표가 그것을 서울 시민들을 볼모로 잡은 반문명적 시위라고 규정했다. 서울 지하철 역사 모두에 승강기를 설치하라는 전장연의 요구는 과도하지 않다. 장애인들은 우리 사회에서 비존재 취급을 받을 때가 많았다. 그들이 모습을 드러내자 많은 이가 불편한 내색을 하면서 '기다려라!'라고 말한다. 세상 하나도 변하지 않은 것 같다. 사실 시위란 안온한 일상을 뒤흔들어 틈을 만들고, 투명 인간 취급받던 사람들을 불투명하게 만들어 모습이 드러나도록 하는 행위이다. 모든 사람이 존엄한 권리를 누리며 사는 세상을 열기 위해 분투하는 이들에게 감사를 표현하지는 못할망정 비난을 쏟아 부어서는 안 된다.

　세월호 참사 8주기가 다가온다(당시 2022년). 이미 긴 세월이 흘렀다. 팽목항에서 자식들의 귀환을 염원하며 흐느끼던 어머니들의 울음소리는 아직 그칠 줄 모른다. 그날 사람들은 국가가 우리를 지켜주지 못한다는 사실에, 아니 지켜줄 생각이 없는 것 같다는 생각에 소스라쳐 놀랐

다. 그때 국가는 부재했던 것이다. 촛불 집회를 통해 집권
한 이들도 세월호 참사의 원인을 밝히고 책임자를 처벌하
는 일을 소홀히 했다. 정의가 이루어지지 않을 때 야만의
시대가 열린다. '잊지 않겠습니다'라는 사람들의 굳은 약속
은 시간의 풍화 작용으로 누렇게 바래고 말았다.

　그러나 그 사건을 결코 잊을 수 없는 사람들이 있다. 피
해자 가족들 그리고 그들과 연대하는 이들이다. 예언자 예
레미야는 바벨론에 의해 조국이 유린당하고 수많은 이가
바벨론으로 끌려가는 모습을 지켜보다가 문득 어디선가
들려오는 울음소리를 듣는다. 이스라엘 열두 지파의 어머
니라 일컬어지는 라헬이 그 후손들의 참담한 현실을 바라
보며 무덤 속에서 우는 소리였다. 라헬의 울음소리는 도처
에서 들려온다.

　세상은 억울하게 죽어간 이들과 그 가족들을 침묵시키
려 한다. '조용히 해!' '기다려!' '그만하면 됐지 뭘 더 바라!'
라며 몇 푼의 보상으로 그 사건이 완료된 것처럼 말하는
이들이 있다. 어처구니없는 참사를 겪은 이들에 대한 진정
한 애도는 그런 일이 다시는 벌어지지 않도록 사회 제도를
개선하고 생명 존중의 문화를 만들어가는 것이 아닐까? 조

롱과 모욕을 당하면서도 물러서지 않는 이들, 망각에 저항하며 기억 투쟁을 벌이는 이들은 결코 지지 않는다. 흐릿해지는 기억을 되살리려는 이들이 있는 한 정의는 무너지지 않는다. 버밍햄 교도소에서 루터가 성직자들에게 편지를 보낸 날짜는 공교롭게도 4월 16일이었다.

(2022.04.09.《경향신문》)

3.

화마에 삼켜져 재가 된 생명들

—

경칩 무렵부터 시작된 산불이 백두대간을 할퀴고 간 자리에 남은 것은 온갖 생명의 피 울음과 한숨뿐이다. 절망과 고통의 먹구름은 푸른 하늘을 가린 연기와 재보다 한결 더 짙다. 타버린 집과 조상의 묘 앞에서 눈물을 흘리는 사람들, 애도조차 받지 못하는 짐승들의 죽음, 그리고 겨 삭은 땅에서 혼신의 힘을 다해 연록빛 새싹을 밀어 올리려던 찰나 화마에 삼켜져 재가 된 식물들의 신음이 아프게 다가온다. 메숲지던 숲이 어찌하여 이렇게 황량하게 변하고 말았는가? 그러나 우리는 불길이 지나간 자리에서 또 다른 숲이 시작되리라는 사실을 안다. 생명은 그처럼 장엄하다.

절망의 수렁에 속절없이 빨려 들어가는 이들에게 필요한 것은 선한 이들이 내미는 손이다.

선거가 끝났다. 승자와 패자가 갈리는 승부는 언제나 잔인하다. 한쪽에서 승자의 노랫소리가 낭자할 때 다른 쪽에서 패자들은 눈물을 삼킨다. 함부로 쏟아냈던 말들이 우리 삶의 자리를 어지럽히고 있다. 쉽게 거둬들일 수는 없겠지만 그것이 또 다른 갈등과 증오의 불꽃으로 변하지 않도록 함께 노력해야 한다. 주불을 잡고 나면 잔불 정리에 만전을 기해야 하는 것처럼 이제는 함께 우리 삶의 자리를 깨끗이 정리해야 할 때다.

어제는 후쿠시마 핵사고가 일어난 지 11주년이 되는 날이었다(당시 2022년). 일본 동북 지방을 휩쓸었던 지진과 쓰나미로 인해 전력 공급이 제때 이뤄지지 않자 냉각수 공급이 끊겼고 방호벽과 핵연료봉이 녹아내리면서 방사능이 유출되기 시작했다. 수많은 인명피해가 났고, 방사능 폐기물이 바다로 흘러 들어가 생태계를 교란했다. 유전자 변이로 인해 기형적인 동물들이 나타나기도 했다. 후쿠시마 핵사고는 현재진행형이다. 그 피해는 가늠하기조차 어렵다.

이 사고가 일어난 이듬해에 일본 음악가들이 우리나라를 방문해 〈한일생명평화 콘서트〉를 열었다. 그들은 후쿠시마의 참상이 다시는 반복되지 않는 세상을 열기 위해 세계 각지를 뛰어다니고 있었다. 그들과 동행한 사진작가 오가와 테츠시의 작품은 사람들에게 정서적 충격을 안겨주었다. 놀랍게도 그는 후쿠시마의 참상을 사진에 담지 않았다. 오히려 그곳에 살던 어린이들의 해맑은 모습과 주변에 지천으로 피어나는 풀꽃을 찍었다. 그는 그런 아름다운 것들을 지켜주고 싶다고 말했다. 쓸쓸하고 슬픈 아름다움이었다.

일본의 생물학자인 가와바타 구니후미는 『생명의 교실』이라는 책에서 히로시마 평화기념관 근처를 흐르는 모토야스 강의 하구 옆을 지나다가, 간석지에 많은 꽃발게가 모여 일제히 체조하는 모습을 본 적이 있다고 말한다. 꽃발게의 그 행동은 몸이 작을 때부터 행하는 일종의 '구애 행동'인데 그 리드미컬한 몸짓이 참 장관이었다는 것이다. 그 모습을 홀린 듯 바라보던 가와바타는 문득 게들이 저렇게 체조를 하는 것이 즐겁기 때문이라는 생각이 들었다면서 이렇게 말한다.

"그렇구나. 어떤 생물에게도 살아 있다는 것은 즐거운

일이구나. 존재의 근원은 '즐거움'이겠구나. 그러니까 누구든 대우주, 대자연이 협연하는 '즐거움'이라는 심포니를 자신 안에, 타자 속에, 모든 존재 속에서 느끼고 즐길 수 있는 거구나. 원자폭탄이 떨어져도 미동하지 않는 진실한 생명의 세계가 존재하는 거구나."

　생명의 장엄함에 대한 인식이 생물학자를 시적 세계로 인도하고 있다. 세상이 아무리 추해 보여도 그 이면에 가려진 아름다움을 보는 이들이 있다. 그 아름다움에 매혹된 이들은 그것을 지키기 위해 혼신의 노력을 다한다. 보통 사람들은 산불이 훑고 지나간 자리에서 황량함만 보지만 그들은 잿더미를 뚫고 솟아오르는 새싹에 주목한다. 그들은 절망의 자리에서 희망의 노래를 부른다.

　하지만 어떤 경우에도 핵전쟁이나 원전사고가 미화될 수는 없다. 2015년에 노벨문학상을 받은 스베틀라나 알렉시예비치는 『체르노빌의 목소리』에서 참상의 현장을 방문했던 체험을 들려준다. 그는 모든 것이 회색 재로 덮인 세상을 상상했다. 그런데 뜻밖에도 그곳에서 꽃이 만발한 초원과 봄 향기를 내뿜는 녹음 짙은 숲과 만났다. 모든 것이 되살아나고 있었다. 어느 순간 알렉시예비치는 그 아름다

움이 두려움과 떼려야 뗄 수 없게 연결되어 있음을 깨닫는
다. 그것은 죽음의 낯선 얼굴이었다. 그곳에서 자라는 꽃은
꺾으면 안 되고, 풀밭에 앉아도 안 되고, 나무에 기어올라
도 안 되고, 그 땅에 집을 짓고 살아서도 안 된다. 핵발전이
없는 세상을 상상할 수 없다고 말하는 이들도 있지만, 핵
이 잠재적으로 만들어내는 디스토피아적 현실도 외면하면
안 된다.

(2022.03.12.《경향신문》)

4.

붕괴는 내부로부터 시작된다

—

    왠지 모를 불안감이 스멀스멀 다가온다. 역사상 위기가 아닌 때는 없었지만 지금의 상황은 한결 급박해 보인다. 글로벌 경기 둔화와 공급망 불안으로 물가는 천정부지로 솟아오르고, 고금리 시대가 도래하면서 서민들의 삶의 토대가 속절없이 흔들리고 있다. 욕망과 현실 사이의 거리는 좀처럼 좁혀지지 않는다. 선망과 원망이 그 틈을 파고들어 세력을 과시하고, 거리 곳곳을 차지한 냉소와 적대감이 지나가는 사람들을 위협한다. 기쁨과 감사의 영토는 점점 좁아지고 있다.

경제 위기보다 더 급박한 것은 기후 위기다. 지구가 몸살을 앓고 있다는 징조는 오래전부터 나타났지만 사람들은 물끄러미 그런 현실을 바라볼 뿐 그게 자기의 생존과 밀접한 관계가 있다는 사실은 애써 외면했다. 그런 무관심의 이면에는 그간 수없이 많은 위기에 직면한 인류가 그때마다 그 상황을 극복해왔다는 이상한 낙관론이 자리하고 있다. 낙관론에 기댄 무관심이 우리 모두의 고향인 지구를 아주 빠르게 망가뜨리고 있다. 큰비가 내리고, 물살이 거세지고, 제방이 터질 위험이 닥쳐오면 모두 하던 일을 멈추고 달려가 제방의 붕괴를 막아야 한다. 문을 닫아걸고 앉아 음악을 크게 틀어놓고 따뜻한 차 한 잔을 마시며 아무런 위험도 내게 닥칠 수 없다고 장담해봐야 소용이 없다. 기후가 붕괴되면 아무도 무고할 수 없다. 정부와 기업 그리고 시민사회가 함께 협력해 이 위기를 극복해야 한다.

헤롯 왕가의 마지막 왕인 헤롯 아그립바 2세는 아주 무능한 왕이었다. 그는 로마 황제의 환심을 사는 일에만 관심을 기울이고 있었기에 독립을 꿈꾸는 유대인들의 열망을 가라앉히려고 안간힘을 다했다. 로마는 세상의 어느 나라도 대적할 수 없는 강력한 국가이고, 자기들이 할 수 있는 일은 다만 그 권력의 그늘에서 생존을 이어가는 것이라고 백성들을 설득하려 했다. 로마의 군단을 상대할 군사력도, 로마의 함대를 상대할 배도, 전쟁을 수행할 재정적 여력도, 도움을 청할 외국 군대도 없다는 그의 말은 매우 합리적으로 들렸다. 하지만 그에게 돌아온 것은 유대인들의 돌팔매였을 뿐이다.

반란이 일어나자 로마는 군대를 보내 예루살렘을 포위했다. 그러나 공격을 서둘지는 않았다. 무리하게 성을 공격하지 않더라도 주민들의 불화가 예루살렘의 멸망을 재촉할 것이라고 확신했기 때문이다. 그들의 예측은 현실이 되었다. 열혈당원들은 예루살렘에서 자기들의 입장에 동조하기를 거절하는 상류층 인사들을 살해했다. 살해당한 이들 가운데는 대제사장들도 있었다. 로마군이 포위하고 있는 동안 굶주림, 절망, 굴욕감이라는 더 강력한 적이 주민들을 괴롭혔다. 증오와 원망과 적대감이 유대인들을 갈라놓았다. 그런 위기 상황에서도 아그립바 2세와 그의 가족들은 호사스러운 삶을 추구했다. 결국 예루살렘은 함락되었고 성전도 무너졌다.

모래 위에 지은 집은 운명의 날이 다가오기 전까지는 안전하다. 그러나 비가 내리고, 홍수가 나고, 바람이 불어서 그 집에 들이치는 순간 상황은 달라진다. 그 집은 무너질 수밖에 없고, 그 무너짐은 엄청나다. 고야의 그림 〈개〉가 떠오른다. 흐르는 모래에 빠진 개는 고개를 들어 위를 바라볼 뿐 스스로 그 모래에서 벗어날 수 없다. 욕망의 모래 위에 세운 우리 삶이 위기에 처했다. 예루살렘과 성전을 무너뜨린 것은 로마 군대지만, 예루살렘 주민들이 서로를 적대적으로 바라보고 자기 뜻을 관철하기 위해 사람들이 서슴없이 폭력을 사용할 때부터 내적으로 붕괴되고 있었다.

예언자는 하나님의 눈으로 역사를 주석하는 사람이다. 위기의 징후를 누구보다 먼저 알아채고 경고의 나팔을 부는 것이 그의 역할이다. 교회의 역할 또한 다르지 않건만 경제 위기와 기후 위기가 퍼펙트 스톰처럼 닥쳐오고 있는 현실 속에서 오늘의 교회는 여전히 작은 문제만 버르집으며 기력을 소진하고 있지는 않는가. 공자는 "사람이 먼 생각이 없으면 반드시 가까운 근심이 있기 마련"이라고 말했다. 역사에 대한 큰 비전을 잃는 순간 기독교는 더 이상 세상의 빛과 소금이 되지 못한다.

〈2022.08.03.《국민일보》〉

5.

낯선 타자에게 보내는 적대적 시선

—

　많은 사람이 일시적 귀향을 서두르는 시간에 엉뚱하게도 오스트리아 출신의 유대계 작가인 장 아메리가 떠오른다. 그는 평생 나치의 절멸수용소에서 겪은 고문의 기억에서 벗어나지 못한 채 1978년 스스로 생을 마감하고 말았다. 고문이 그의 영혼에 지울 수 없는 낙인이 되었던 것이다. 그는 고문이 "타자에 의한 내 자아의 경계 침해"라며 고문에 시달린 기억이 있는 사람은 더 이상 세상을 고향처럼 느낄 수 없다고 말한다. 고향은 저기 어딘가에 있는 물리적 공간이 아니라 우리 내면에 구성되는 사회적 실체인지도 모르겠다.

고향을 잃어버린 사람들, 고향을 기억 속에서만 떠올릴 수 있는 사람들, 그들에게 세상은 낯선 곳이다. 1934년에 나온 노래 〈타향살이〉는 고향을 상실한 이들의 처연한 심정을 이렇게 노래한다. "타향살이 몇 해던가 손꼽아 헤어 보니 고향 떠난 십여 년에 청춘만 늙어/부평 같은 내 신세가 혼자도 기막혀서 창문 열고 바라보니 하늘은 저쪽." 망연한 시선이 절로 느껴진다.

　　몇 해 전 베들레헴에 갔을 때 이스라엘과 팔레스타인을 가르는 6미터 높이의 콘크리트 분리 장벽 앞에 한참 머물렀다. 팔레스타인 사람들이 장벽에 그린 벽화들을 하나하나 보는 동안 세계 최대의 감옥에 갇힌 그들의 처지가 떠올라 답답했다.

　　벽화를 따라 걷다가 후미진 곳에서 데이트하던 젊은이들을 만났다. 그들은 낯선 이에게 스스럼없이 말을 걸어왔고 나 또한 그들에게 격려하는 말을 건넸다. 상황이 암담하기는 하지만 언젠가 이 장벽은 무너질 것이고, 각자에게 주어진 삶을 한껏 살 수 있는 때가 올 터이니 희망을 품으라고. 담담한 표정으로 내 말을 듣던 한 젊은이가 쓸쓸한 미소를 띤 채 말했다. "당신은 할 수 있을지 모르지만 우리는 할 수 없습니다. 당신은 언제든 원하는 곳으로 갈 수 있지만, 우리는 어디에도 갈 수 없습니다. 우리는 희망을 잃었습니다." 담장이 높아갈수록 세상은 안전해지는 걸까? 담장을 만드는 이들은 담장 너머의 사람들을 비존재로 취급하거나, 자기들의 안락한 삶을 위협할 잠재적 위험으로 간주한다. 평화가 깃들 여지가 없다.

이런 이들은 팔레스타인 땅에만 있는 것은 아니라 지금 우리 주위에도 많다. 난민, 이주노동자, 장애자, 탈북민, 정서적 고립 상태 속에 살고 있는 이들 말이다. 반복되어 나타나는 대형 참사와 산업 현장에서 일어나는 사고 또한 남아 있는 이들에게서 고향을 박탈한다. 그들을 더욱 힘겹게 하는 것은 우리 사회의 무정함을 상기시키는 이들의 존재를 사람들이 불편하게 여긴다는 사실이다. 설 땅을 잃어버린 사람들을 오히려 더 가파른 벼랑 끝으로 내모는 몰인정이 횡행한다.

예수는 아흔아홉 마리의 양을 산에다 남겨두고 길을 잃은 양 한 마리를 찾아가는 목자의 이야기를 들려준다. 합리적으로는 이해하기 어려운 행동 방식이다. 하나를 찾으려다가 아흔아홉까지 잃어버릴 수도 있지 않은가. 이런 상황을 불편하게 여기는 이들은 대개 자기가 아흔아홉에 속해 있다고 생각한다. 그렇기에 길을 잃은 양 한 마리를 쉽게 탓한다. 그 한 마리 때문에 우리가 모두 위험에 빠졌다고 여기기 때문이다. 배제의 전략이 작동하는 것이다. 하지만 살다 보면 어쩔 수 없이 길을 잃은 양 한 마리의 신세가 될 때가 있다. 그때는 목자가 자기를 포기하지 않기를 필사적으로 바라지 않겠는가? 하나를 쉽게 포기하는 사회는 언제든 아흔아홉도 버릴 수 있는 사회다. 지금 안전한 자리에 있다고 방심하면 안 된다.

낯선 타자에게 적대적 시선을 보냄으로 정신적 고향을 박탈할 때 세상은 한결 위험한 곳으로 바뀐다. 조지 오웰 George Orwell이 소설 『1984』에서 그려 보이는 세상은 차이를 인정하지 않는 곳이다. 가상의 나라인 오세아니아는 기존의 모든 언어를 대치할 신어 Newspeak를 제정한다. 신어는 체제의 신봉자들에게 걸맞은 세계관과 정신 습관에 대한 표현 수단을 제공하는 동시에, 다른 생각을 품지 못하도록 하기 위한 것이다. 신어를 만드는 이들은 바람직하지 못한 의미를 지닌 말은 삭제하고, 언어의 이차적 의미를 제거하려 한다. 선택할 수 있는 어휘가 적어지면 사고하려는 유혹도 사라진다고 믿기 때문이다. 다양함과 차이를 기쁘게 받아들이는 일은 전체주의의 유혹에 항거하는 일인 동시에 누군가에게 고향을 선물하는 일이다. 선택에 따라 고향은 어디에나 있을 수도 있고, 없을 수도 있다.

(2023.01.21.《경향신문》)

6.

욕망이 충돌하며 빚어지는 굉음

—

    사순절을 지나는 동안 봄꽃들은 빠르게 피었다 지고 포도나무에는 슬그머니 새순이 돋아났다. 매화나무에 열매가 맺히는지 날마다 들여다본다. 숨바꼭질하듯 가지에 몸을 숨긴 채 새살거리는 직박구리의 지저귐을 즐겁게 듣는다. 비비추잎에 내려앉는 햇빛이 찬란하다. 사순절이 지났다 하여 마음이 한갓지지는 않다. 아침마다 미세먼지에 갇힌 도시를 우울하게 바라보며 청명한 하늘을 그리워한다. 18세기 조선 후기의 문인 정학유가 지었다고 전해지는, 달과 절후에 따른 농가의 일과 세시풍속을 노래한 『농가월령가農家月令歌』는 청명과 곡우 사이의 정경을 이렇게 노래한다. "범나비는 꽃을 찾아 분분히 날고 기니, 미물도 제때를 만나 스스로 즐기는 모습이 사랑스럽다." 어지러운 인간 세태와 무관하게 자기들의 시간을 한껏 살아내려고 안간힘을 다하는 자연 세계가 그저 고맙기만 하다.

사람들의 욕망이 충돌하는 과정에서 빚어지는 굉음으로 귀가 먹먹하다. 우크라이나 땅에서 벌어지는 전쟁은 그칠 기미가 보이지 않고, 세계인의 관심이 멀어지는 동안에도 수많은 생명이 스러지고 있다. 자연재해의 규모는 날이 갈수록 커지고 있다. 기후 재앙이 시시각각 우리 삶의 토대를 뒤흔들고 있지만 사람들은 여전히 자기 욕망에 충실할 뿐이다. 문제가 심각하다는 사실은 알고 있지만 자신이 그 문제를 해결해야 할 책임적 주체라는 생각은 하지 않는다. 문제의 크기에 압도당하기 때문일까? 그보다는 욕망이라는 이름의 전차에서 내리고 싶지 않기 때문이다.

아담 맥케이 감독이 2021년에 제작한 영화 〈돈 룩 업 Don't Look up〉은 이런 세태를 섬뜩하게 폭로한다. 커다란 혜성 하나가 지구와 충돌하는 궤도에 들어섰다는 사실을 알아차린 천문학자들이 책임 있는 이들에게 그 사실을 알리지만 정치인과 경제인들은 아무도 그 이야기에 귀를 기울이려 하지 않는다. 그들은 그 사태가 자기에게 미칠 유불리만을 계산한다. 일반인들 역시 자기들의 일상을 뒤흔들 소식에 귀를 닫는다. 일상의 흐름에 몸을 맡긴 이들은 나른한 무력감 속에서 자족하거나 불퉁댈 뿐이다. 불신앙이란 교리를 받아들이지 않는 것이 아니라 아무것도 할 수 없다는 절망감에 굴복하는 것이 아닐까?

예언자들은 절망의 땅에서 희망을 보았다. 이사야는 광야와 메마른 땅이 기뻐하며, 사막이 백합화처럼 피어 즐거워하는 세상을 바라보았다. 세상은 끊임없이 사람들에게 절망감을 심어주지만 보짱이 센 사람들은 절망조차 희망의 디딤돌로 삼는다. 베버는 정치인의 자질을 말하며 모든 희망의 좌절조차 견뎌낼 수 있을 정도로 단단한 의지를 갖추어야 한다고 말한다. '정치인'의 자리에 '신앙인'을 대입해도 결론은 다르지 않다. 세상이 아무리 암담해 보여도 그 어둠을 밝히는 빛이 되려는 이들이 필요한 때다.

많은 이에게 삶의 영감을 주는 미국의 교육학자 파커 J. 파머Parker J. Pamer는 『온전한 삶으로의 여행A Hidden Wholeness』이라는 책에서 자기 삶의 비밀 한 자락을 펼쳐 보여준다. 그는 분주한 일상에 지칠 때마다 바운더리 워터스를 찾곤

한다. 야생 딸기의 맛, 햇빛에 말라가는 소나무 향기, 해안을 철썩이는 바닷물 소리를 즐길 수 있는 그곳에 머물다 돌아오면 자신의 불완전함마저도 사랑할 수 있게 되었기 때문이다. 그런데 1999년 7월에 불어온 허리케인은 바운더리 워터스를 참혹하게 파괴했다. 20여 분간 휘몰아친 허리케인은 약 2천만 그루의 나무를 쓰러뜨렸다. 그로부터 한 달 뒤, 예년과 다름없이 순례 여행을 떠난 그는 소용돌이가 휩쓸고 지나간 처참한 광경을 보며 가슴이 찢기는 듯한 아픔을 느꼈고, 다시 그곳을 찾아야 할지 확신이 서지 않았다. 그러나 몇 해 후 그곳을 다시 찾았을 때 그는 자연이 어떻게 참화慘禍를 이용하여 새롭게 성장하는지, 느리지만 어떻게 꾸준히 그 상처를 치유하는지 보고 놀랐다.

파머는 그 광경을 통해 놀라운 진실을 깨달았다. 삶의 온전함은 완전함을 뜻하는 것이 아니라, 깨어짐을 삶의 불가피한 부분으로 받아들이는 것을 뜻한다는 자각이었다. 실패와 고통을 우리 삶의 일부로 받아들일 때 비로소 앞으로 나아갈 수 있다. 심연의 가장자리로 떠밀려도 명랑함을 잃지 않는 검질김이야말로 새로운 세상을 꿈꾸는 이들에게 꼭 필요한 덕목이 아닐까?

(2023.04.12.《국민일보》)

7.

사람들 사이의 구획

—

뮤지컬 성극 〈모세〉를 보러 미국 랭커스터에 있는 밀레니엄 극장에 가던 길에 랭커스터 제일연합감리교회에 들렀다. 1885년 부활절에 제물포항에 도착한 선교사 헨리 아펜젤러Henry G. Appenzeller를 기억하기 위함이었다. 교회 앞에는 남루한 차림의 사람들이 서성거리고 있었다. 그들은 교회가 진행하는 중독자 치유 상담 모임에 참석하기 위해 차례를 기다리고 있었던 것이다. 치유를 바라는 열망 때문인지 그들은 순해 보였다.

교회 문 앞에서 직원에게 교회를 방문한 이유를 밝히자

70대 자원봉사자인 캐서린이 나와 맞아주었다. 순후하고 따뜻한 인상의 캐서린은 아펜젤러가 이 교회에서 활동하고 결혼했다는 사실을 확인해주면서 매우 뿌듯한 표정을 지었다. 복도에는 아펜젤러를 기억하기 위해 마련된 전시물들이 가지런히 정리된 채 진열되어 있었고, 아펜젤러 기념 예배당에는 정동제일교회가 보내준 십자가와 아펜젤러 조형물이 그 제작 과정에 대한 설명문과 함께 전시되어 있었다.

캐서린은 어려움에 처한 이들 곁에 서려고 노력해온 교회의 역사에 대해 간략하게 설명해주었다. 오래전 개혁교회 신자였던 아펜젤러가 감리교회에 입회하면서 했던 말이 떠올랐다. "내가 선택한 교회가 하고 있는 선한 사업은 내게 기쁨을 준다." 개인적 성화는 물론이고 사회적 성화 또한 소홀히 하지 않던 사학자이자 사회운동가인 존 웨슬리의 가르침이었고, 랭커스터 제일연합감리교회는 지금까지도 그 가르침을 저버리지 않았다. 중독자 치유를 위한 프로그램은 물론이고 월요일부터 금요일까지 노숙자들에 대한 급식 봉사도 하고 있었다. 주방 시설과 식당을 보여주기 위해 위층으로 이동하던 중에 캐서린은 젊은 교인들이 많지 않아 노년층이 중심이 되어 활동하고 있는 교회 현실이 매우 안타깝다고 말했다. 큰 식당을 하던 이가 기증한 주방 시설은 훌륭했으며, 식탁보가 깔린 식당은 매우 정갈했다. 찾아온 이들을 성심껏 환대한다는 사실을 느낄 수 있었다.

랭커스터 교회는 2019년부터 노숙인들이 언제라도 찾아와 목욕과 세탁을 할 수 있는 시설을 갖추었다고 한다. 그곳에서 노숙인들이나 가난한 이들은 '우리의 손님'으로 지칭되고 있다. 새로운 직업을 얻으려면 냄새나는 몸으로 갈 수는 없는 일이 아니냐고 말할 때 캐서린의 눈가에 눈물이 어렸다. 그 눈물은 어려움에 처한 이들은 처리해야 할 대상이 아니라 사랑으로 품어야 할 이웃임을 보여주는 기호였다. 그 눈물은 하늘에 닿은 사랑에서 비롯된 것이었다.

한용운은 「당신을 보았습니다」라는 시에서 먹을거리를 얻으러 이웃집에 갔다가 오히려 모욕을 당한 채 돌아서다가 "쏟아지는 눈물 속에서 당신을 보았습니다"라고 고백한다. 힘이 없는 사람이라 하여 함부로 능욕하려는 권력자에 대한 격분에 사로잡혔지만, 다음 순간 그 격분이 "스스로의 슬픔으로 화하는 찰나에 당신을 보았습니다"라고 노래한다. 눈물은 때로는 하늘을 비추는 렌즈가 되는 법이다. 스스로 흘리는 눈물이 그러할진대 다른 이들을 위해 흘리는 눈물은 새삼 말해 무엇하랴. 그 눈물은 슬픈 자기 연민이나 애상이 아니다. 현실에 대한 애통이고 그런 현실에 굴복하지 않겠다는 굳건한 다짐이다.

우리가 살고 있는 세상은 끊임없이 경계선을 만들고 사람들 사이의 구획을 만들어 서로 소통하지 못하도록 한다. 적대감이 넘치는 세상에 적응하는 동안 우리 영혼은 두려움과 공포 그리고 분노에 잠식당한다. 감사와 기쁨과 찬양이 깃들 자리는 점점 협소해진다. 위기에 처한 교회가 힘써 해야 할 일은 이 적대감이 넘치는 땅에 환대의 공간을 마련하는 일이다. 랭커스터 제일연합감리교회는 자기들이 그 지역 사회의 닻이 되기를 소망한다. "우리는 랭커스터의 닻이다." 이것이 그들의 슬로건이다. 닻으로서의 교회는 지금까지 프로그램이나 활동을 할 때 사람들을 출신, 배경, 지향에 따라 차별하지 않았거니와 앞으로도 그렇게 하지 않겠다고 천명한다. 모든 사람에게 열린 교회야말로 그들이 꿈꾸는 교회의 모습이다. 월터 브루그만은 약한 이들과 연대할 수 있는 능력이 곧 긍휼이라고 말한다. 애통을 거쳐 하나님 찬양으로 나갈 수 있는 능력이 우리에게 있는가? 그렇다면 교회는 생명의 문이 될 것이다.

(2023.05.10.《국민일보》)

8.
차마 말하지 못한 것

—

목회자들이 모인 곳에 갈 때마다 받는 질문이 있다. "한국 교회에 희망이 있을까요?" 질문이라고는 하지만 목회자들의 가슴에 안개처럼 스며든 열패감이 그렇게 표현된 것일 뿐이다. 많은 신학교가 입학 정원을 다 채우지 못하고, 팬데믹 기간 중 교회를 벗어난 이들은 엔데믹으로 전환된 상황에서도 돌아올 기미를 보이지 않는다. 개신교회에 대한 공신력이 놀라울 정도로 하락했다는 사실을 부정하기 어렵다. 백 년 남짓한 기간 동안 놀라운 양적인 성장을 경험한 한국교회가 이제 쇠락 국면으로 접어든 것 아닌가 하는 우려가 깊어지고 있다. 사회의 변화를 선도하던 교회가 사회 변화의 속도를 따라가지 못하고 정체된 현실이 반영된 결과가 아닐까?

　농어촌 지역 교회의 형편은 더욱 암담하다. 연로한 교인들이 대부분이고 새롭게 유입되는 인구는 전무하다시피 하니 교회는 날이 갈수록 비어간다. 10년 후에도 교회가 여전히 존속할 수 있을지 걱정이다. 노령화, 인구 절벽, 농촌 해체라는 삼중고 속에서도 성실하게 사역을 감당하는 이들은 미래가 보이지 않는 현실 앞에서 당혹감을 감추지 못한다. 도무지 무엇을 어떻게 해야 할지 모르겠다는 탄식이 곳곳에서 들려온다. 이런 문제에 속 시원한 해답을 줄 수 있는 사람은 없다. 다만 함께 걱정하고 아파할 뿐이다.

　희망은 있는가? 희망은 외부로부터 오기도 하지만 희망의 뿌리는 사실은 우리 속에 있다. 어쩌면 희망은 찾는 것이 아니라 만드는 것인지도 모르겠다. "한국 교회에 희망이 있을까요?"라는 질문을 듣는 순간 가슴이 무지근해졌다. 얼핏 마음에 떠오르는 몇 가지 이야기가 있었지만 차마 그 말을 할 수 없었다. 그때 그분에게 필요한 것은 정답이 아니라 공감임을 알았기 때문이다. 그때 차마 하지 못한 말을 여기에 적는다.

질문을 듣는 순간 프랑스의 소설가 장 지오노Jean Giono
의 책『나무를 심은 사람L'homme qui plantait des arbres』이 떠올랐
다. 작품의 화자는 한때 사람들이 살았지만 황무지로 변한
곳을 찾아간다. 며칠 동안 메마른 땅 이곳저곳을 걸어 다
니던 그는 목이 말라 지칠 즈음 나무를 심고 있는 한 노인
을 만난다. 말이 별로 없는 사람이었다. 노인은 저녁이면
작은 주머니에 담긴 도토리를 책상 위에 쏟아놓고는 썩은
것이 없는지 하나하나 세심하게 살펴보면서 좋은 것을 골
라냈다. 날이 밝으면 양 떼를 데리고 광야에 나가 작은 부
삽으로 땅을 파고는 거기에 도토리를 묻곤 했다. 누구의
소유인지도 모르는 그곳에서 노인은 양 몇 마리와 함께 살
면서 황무해진 땅에 생명을 초대하고 있었던 것이다. 아무
도 그에게 그 일을 부탁하지 않았고, 그의 수고를 알아주
는 사람도 없었다.

여러 해가 지난 후 전쟁의 소용돌이에서 빠져나온 화자
가 그곳을 다시 찾았을 때 그는 무성하게 자라고 있는 나
무를 보았고, 물줄기가 싱그럽게 흐르는 것을 보았다. 새
들의 즐거운 지저귐도 들려왔다. 많은 사람이 이 놀라운
자연의 기적을 보기 위해 몰려들었다. 하지만 한때 광야였
던 그곳이 아름다운 생명의 숲으로 바뀐 것이 한 늙은 목

동의 수고로부터 시작되었다는 사실을 아는 사람은 아무도 없었다. 희망은 그런 이들의 묵묵한 헌신을 통해 시나브로 자라는 거라고 차마 말할 수 없었다.

　희망을 묻는 말 앞에서 떠오른 또 다른 사람은 나가오 마키 목사였다. 그는 일본의 기독교 사회운동가이자 평화주의자였던 가가와 도요히코를 그 아름다운 사역으로 이끈 인물로 기억된다. 가가와의 눈에 비친 마키는 "가난, 박해, 고난으로 가득 찬 그리스도교의 길을, 신앙의 힘으로 극복해 나가는 무사적 수행을 한 그리스도교의 무사"였다. 가가와는 거지들을 지극히 공손하게 대하며 돌보는 그의 모습에서 생명의 예술을 발견했다. 마키 목사는 많은 회중 앞에 선 적이 없다. 그렇지만 아무도 그의 목회가 실패라고 단정할 수 없다. 가가와가 말하듯 그는 "완전한 그리스도교 예술의 모범"이었으니 말이다. 사람이 많이 모이는 것보다 그리스도를 닮은 한 사람의 존재가 더욱 중요하다는 말을 나는 차마 할 수 없었다. 많은 것을 누리고 사는 사람이 할 말이 아니라는 생각이 들었기 때문이다.

（2023.06.07.《국민일보》）

9.
물이 흘러가는 곳마다

—

    영웅 헤라클레스는 자기 죄를 씻기 위해 에우리스테우스 왕의 종이 되었다. 심술궂었던 왕은 그에게 열두 가지 과업을 해결하라고 명령했다. 아우게이아스 왕의 외양간을 하루 동안에 청소하는 일도 그중의 하나였다. 소가 수천 마리 살고 있던 그 외양간은 여러 해 동안 한 번도 청소한 적이 없었다. 불가능해 보이는 과업이지만 헤라클레스는 알페이오스 강과 페네우스의 강물 줄기를 외양간으로 끌어들여 단번에 외양간 청소를 끝냈다. 과거에는 일거에 일을 끝내버린 헤라클레스의 지력과 담력에 마음이 후련해지곤 했다. 하지만 이제는 더 이상 그럴 수 없다. 외양간의 오물들이 강물로 흘러들어갔을 거라는 합리적 의심 때문이다.

일본의 도쿄 전력은 8월 24일부터 방사능 오염수 해양 방류를 시작했다. 주변국들의 우려와 반대의 목소리는 경청하지 않았다. 우리 정부는 그런 행태에 대해 항의하기는커녕 오히려 분노하고 있는 국민들을 괴담의 생산자 혹은 유포자로 낙인찍고 있다. 일본 후쿠시마 원전 오염수를 방류해도 우리나라에 위험하지 않다는 취지를 담은 정부의 유튜브 홍보 영상 제작을 대통령실이 직접 주도했고, 문체부가 영상 송출에 관여했다는 사실을 도대체 어떻게 받아들여야 할까? 정부와 과학을 믿어달라는 말은 공허하기 이를 데 없다. 과학이 객관적 사실을 담보하지 않는다는 사실을 우리는 경험을 통해 이미 알고 있기 때문이다. 오염수 방류 사태를 두고 과학자들의 생각이 서로 다르다는 사실은 '과학적 사실'이라는 것이 매우 주관적일 수 있음을 방증한다.

방사능 오염수 방류는 지구 공동체를 향한 생태 학살이라고 규정하는 종교인들도 있다. 오염수로 인해 생태계가 교란되고, 수많은 종의 죽음을 초래하리라는 것이다. 삼중

수소가 인체에 무해한 수준이라 말하는 이들이 많지만 그
것이 바다에 혹은 인체에 오랜 시간 누적될 때 어떤 사태
가 벌어질지는 아무도 알지 못한다. 유전적 변형은 장기간
에 걸쳐 서서히 일어날 수도 있다. 미래 세대에 미칠 영향
을 염려하는 것은 괴담이 아니다.

도쿄 전력이 내놓은 방류 계획서에 따르면 삼중수소 농
도가 낮은 것부터 방류를 시작해 향후 30년간 점차 농도가
높은 오염수를 배출하는 것으로 되어 있다. 충격의 표백을
자신하기 때문일까? 주변국들의 우려와 충격의 시효가 길
지 않으리라는 확신이 없다면 결코 짤 수 없는 계획서다.
무엇이든 처음이 어렵지 그다음부터는 어렵지 않은 법이
다. 방사능 오염수 방류 허용이 나쁜 선례가 되어, 여러 나
라가 더 위험한 물질들을 해양에 투기하는 일을 망설이지
않을 가능성이 크다. 모든 생명을 품는 바다가 죽음의 공
간으로 변하는 순간 인류의 미래는 어두울 수밖에 없다.

기원전 6세기의 히브리 예언자 에스겔은 바벨론에 의
해 나라가 망하고 포로로 잡혀가 실의의 나날을 보내고 있
던 동족들을 생각하다가 놀라운 비전을 본다. 성전에서 발
원한 물이 흘러가면서 조금씩 수위가 높아지고 강폭이 넓

어지는 광경이었다. 강 좌우편에는 잎이 무성한 나무들이 즐비하게 서 있었다. 유장하게 흐르는 강물을 바라보며 생각에 잠겨 있던 그에게 한 소리가 들려온다. 이 강물은 동방으로 향해 흐르다가 아라바로 내려가서 마침내 바다에 이르게 되리라는 것이었다. 강물이 바다에 이르는 것은 당연한 일이지만, 진정 주목해야 할 것은 그다음에 들려온 소리였다. "이 흘러내리는 물로 바다의 물이 소성함을 얻을지라." "이 강물이 이르는 곳마다 번성하는 모든 생물이 살게 될 것이다." 이 장면에서 바다는 사해를 가리킨다. 사해는 해수면보다 낮은 곳에 있기에 출구가 없다. 사해에 이른 물은 더 이상 흐르지 못한다. 흐르지 못하고 막혀 있기에 사해는 염분이 많아져 아무것도 살 수 없는 죽음의 바다가 되고 말았다.

물론 죽음의 바다가 살아나는 꿈은 몽상일 수 있다. 그런데 역사의 새로움은 언제나 말도 안 되는 꿈을 꾸는 이들을 통해 개시되곤 했다. 강물이 흘러가는 곳마다 죽었던 생명들이 살아나고, 강 좌우편에서 어부들이 그물을 던지는 꿈. 이러한 꿈조차 없다면 삶은 얼마나 초라한가? 생명의 바다가 죽음의 바다로 변하도록 방치하면 안 된다. 생명이 넘실대는 세상의 꿈을 보여주던 에스겔의 비전은 경고음도 내포하고 있다. "그 진펄과 개펄은 소성되지 못하고 소금땅이 될 것이다." 방사능 오염수가 흘러가는 곳마다 불모의 공간으로 바뀔 가능성이 크다. 경고의 나팔 소리를 무시할 때 재앙은 예기치 않은 시간 우리 삶을 엄습하기 마련이다.

(2023.09.02.《경향신문》)

10.

불온함을 잃어버릴 때

—

　무릇 살아 있는 것은 부드럽고 죽은 것은 딱딱하다. 살아 있는 나무는 바람에 흔들리지만 고사목은 흔들리지 않는다. 흔들림은 변화를 받아들이는 것이다. 사람은 자기 동일성 속에 머물 때 안정감을 느끼지만, 낯선 세계와 만날 때는 당혹감을 감추지 못한다. 그런데 그 당혹감이야말로 새로운 세계의 개시 가능성이다. 대립되는 세계와의 만남이 조성하는 긴장감 속에 머물 때 인식의 지평이 넓어지고 정신의 탄력이 증대된다. 익숙한 세계에만 머무르려 할 때 우리는 제자리걸음을 하는 것이 아니라 오히려 퇴행하는 것인지도 모르겠다. 사람이나 제도, 사회조직이 다 마찬가지다. 경계선 위에 서서 변화를 수용하기 위해 팔을 벌릴 때 자기 갱신이 일어난다.

아브라함이 하나님으로부터 받은 최초의 명령은 '떠나라'는 것이었다. 익숙한 세계, 언제든 울타리가 되어줄 사람들이 있는 세계, 긴장하지 않아도 일상을 영위하기에 불편하지 않은 세계를 떠난다는 것은 일종의 모험이다. 낯선 세계에서 외인으로 산다는 것은 취약해진다는 것이다. 취약하기에 자기를 늘 성찰하지 않을 수 없고, 다른 이들과 평화로운 공존을 모색하지 않을 수 없다. 익숙한 세계를 떠난 사람이라야 평화의 꿈을 꿀 수 있는 것은 그 때문이다.

이삭도 떠나는 사람이었다. 행복하던 시절은 모리아 산에서의 경험으로 인해 기억의 뒤안길로 물러가고 말았다. 짐승처럼 묶인 채 아버지의 칼날 앞에 섰던 사람이 이전과 같은 방식으로 살 수는 없는 노릇이었다. 유대교 전통은 이삭의 순종에 초점을 맞추지만 이삭이 감내해야 했던 트라우마에 더 관심을 보이는 이들도 있다. 소설가 이승우는 "이삭은 그때 이미 죽음을 맛보았다. 그는 살아 있지만, 죽지 않았기 때문에 살아 있는 것이 아니라, 죽고 나서, 죽은 다음에, 죽었는데도 살아 있다"고 말한다. 이삭은 그날 이

후 성서의 무대에서 잠시 사라진다. 버림받음의 경험 때문일 것이다. 이삭은 비로소 집에서 쫓겨났던 이스마엘의 처지를 이해하게 되었다. 타자에 대한 이해란 이런 방식으로 발생하곤 한다.

형에게 돌아갈 아버지의 축복을 가로챈 야곱도 집을 떠나야 했다. 집에 머무는 것을 좋아하던 그는 형의 분노를 피해 황량한 광야 길을 걸어야 했다. 그가 베고 잠들었던 돌베개는 그의 신산스러운 처지를 단적으로 보여준다. 낯선 곳으로의 이주 체험과 그곳에서 겪었던 서러움의 기억들이 켜켜이 쌓여 그의 성품을 이루었다. 야곱이 이스라엘 열두 지파의 조상이 될 수 있었던 것은 역경과 시련 속에서도 끝끝내 버텨내며 자기 삶을 긍정할 수 있었기 때문이다. 그런 긍정의 밑바닥에는 함께하겠다고 약속하신 하나님에 대한 신뢰가 있었음은 물론이다.

요셉의 삶도 떠남의 연속이었다. 스스로 떠난 것은 아니지만 잔인한 운명이 그를 아래로 아래로 밀어 넣었다. 형들에 의해 물 없는 웅덩이에 던져졌고, 존엄한 인격을 박탈당한 채 미디안 상인들에게 팔려 애굽으로 내려갔다. 보디발의 아내가 모함해 감옥에 갇히기도 했다. 그 철저한

낮아짐의 시간을 통과한 후에, 그는 자기 앞에 모습을 드러낸 형들과의 만남을 통해 마침내 자기에게 닥쳐왔던 모든 시련의 의미를 알게 되었다. 유한한 시간의 지평 속에서는 결코 파악될 수 없는 신적 섭리 앞에서 누가 전율하지 않을 수 있겠는가?

히브리인들도 새로운 세상을 이루기 위해 애굽을 떠나야 했다. 젖과 꿀이 흐르는 땅은 한달음에 당도할 수 있는 장소가 아니라, 시련과 인내의 광야를 통과하는 동안 사람들의 가슴 속에 형성되는 지향성이 아닐까? 로마의 가혹한 통치가 지중해 세계를 유린하던 때에 예수님은 새로운 세상의 꿈을 사람들의 가슴에 심어주셨다. 지배자와 피지배자가 갈리는 것이 당연하던 세계를 해체하고, 높은 사람이 낮은 자리에서 섬기는 새로운 세상의 꿈은 얼마나 아름다운가? 그 꿈에 사로잡힌 이들을 세상은 불편하게 여겨 '천하를 어지럽히는 자'라고 모함했다. 누릴 것을 다 누리고 사는 이들에게 믿음의 사람들은 불온하게 보일 수밖에 없다. 불온함을 잃어버린 교회, 변화를 수용하지 못하는 교회는 굳어지기 마련이다. 교단 총회를 보면서 느낀 소회다.

(2023.09.27.《국민일보》)

11.

인간이란 무엇인가

—

    팔레스타인 가자지구에서 벌어지고 있는 일은 우리를 '인간이란 무엇인가?'라는 질문 앞에 세운다. 서방 언론은 이 전쟁을 이스라엘-하마스 전쟁이라 칭하고, 아랍계 언론은 이스라엘-가자 전쟁이라 칭한다. 한쪽은 암암리에 전쟁의 책임이 누구에게 있는가를 상기시키고 있고, 다른 쪽은 주민들이 겪고 있는 고통에 주목하라고 요구하는 듯하다. 어떻게 칭하든 지붕이 없는 거대한 감옥 같았던 그 땅은 황폐하게 변하고 있다. 가자 땅에서 들려오는 폭발음과 애곡하는 소리가 무딘 귀에도 아프게 들려온다.

벌써 양측을 합쳐 1만 명 이상의 사람들이 죽었고, 그중에는 전쟁과 무관한 어린이와 여성들이 많다. 이스라엘 폭격기들은 사회 기반 시설을 철저히 파괴하고 있다. 난민촌도 공격을 받아 많은 이가 죽었고, 성 포르피리오스 교회도 파괴되었다. 주민 대부분이 연료, 물, 식량, 의약품 부족에 시달리고 있다. 피난길에 오를 기회조차 잡지 못한 이들은 절망의 심연으로 곤두박질치고 있다. 지상군이 투입되는 순간 어떤 일이 벌어질지 아무도 알지 못한다.

　전쟁은 맹목적이다. 전쟁터의 빛깔이 검은색인 것은 그 때문이다. 예외가 있다면 붉은색 피뿐이다. 상대를 제거하고야 말겠다는 절멸에의 의지가 작동하는 순간 인간의 존엄은 유보된다. 적은 괴물이고 악마이기에 파괴되는 것이 마땅하다. 전쟁은 가장 큰 낭비다. 물자를 낭비하는 것은 물론이고 가장 소중한 생명조차 아끼지 않는다. 베트남 전쟁에 참여했던 작가 팀 오브라이언은 『그들이 가지고 다닌 것들』이라는 책에서 "진실한 전쟁 이야기는 결코 교훈적이지 않다. 그것은 가르침을 주지도, 선을 고양하지도, 인간 행동의 모범을 제시하지도, 인간이 지금껏 해오던 일들을 하지 않도록 말리지도 못한다"고 말한다. 인간은 이렇게 어리석다.

상대를 철저히 궤멸시키면 평화가 올까? 전쟁과 혼란의 시기를 살았던 노자는 군대가 주둔하던 곳엔 가시엉겅퀴가 자라나고, 큰 군사를 일으킨 뒤에는 반드시 흉년이 뒤따르게 된다고 했다. 전쟁은 누군가의 가슴에 증오의 씨를 뿌리는 일이다. 그 후과後果는 또 다른 분쟁으로 이어지기 마련이다. 증오의 씨를 심어 평화를 거둘 수 없다. 바람을 심는 이는 광풍을 거두기 마련이다.

유럽에서는 이미 유대인들에 대한 혐오를 드러내는 이들이 나타나고 있다고 한다. 푸른색 페인트로 그려진 다윗의 별이 다시 등장한 것이다. 그 별은 나치 시대의 공포를 떠올리게 하기에 섬뜩하다. 불확실성이 커지는 세상에서 사람들은 탓할 대상을 찾는다. 무질서가 심화하여 혼돈 상태에 이를 때 폭력의 충동은 증대되고, 나쁜 정치인들은 그 충동의 희생양을 대중들 앞에 던져준다. 가난한 사람, 난민, 소수자, 외부자들이 그 대상이 되기 쉽다. 세상은 점점 위험한 곳으로 변한다.

평화의 꿈은 그저 헛된 꿈일 뿐일까? 히브리의 예언자들은 나라마다 칼을 쳐서 보습을 만들고, 창을 쳐서 낫을 만들고, 나라와 나라가 칼을 들고 서로를 치지 않고, 다시는 군사 훈련도 하지 않는 세상을 꿈꿨다. 평화로운 시기에 나온 비전이 아니다. 기원전 8세기, 아시리아 제국이 중근동 세계를 공포로 휩쓸고 있을 때 예언자들은 그런 꿈을 들고 나왔다. 망상처럼 들리는 그런 꿈조차 없다면 인간은 얼마나 빈곤해질까?

평화를 사랑하는 이들이 목소리를 내야 할 때다. 하마스의 로켓 공격으로 많은 이가 죽거나 다친 현장을 목격한 한 유대인 소녀에게 어느 기자가 물었다. "팔레스타인 사람들에게 복수하고 싶어요?" 소녀는 단호하게 고개를 가로저으며 대답했다. "아니요, 그냥 평화롭게 함께 지내고 싶어요." 평화의 꿈은 어떤 경우에도 스러지지 않는다. 증오와 혐오를 부추기는 이들이 많지만 평화를 갈망하는 이들 또한 많다.

2015년에 노벨문학상을 받은 벨라루스의 작가 알렉시예비치가 2차 세계대전에 참전해 독일과 싸웠던 러시아 여성들을 인터뷰한 후에 쓴 책 『전쟁은 여자의 얼굴을 하지 않았다』에서 들려주는 이야기가 인상 깊었다. 한 마을의 노인이 밤에 밭에서 씨를 뿌리다 죽임을 당했는데, 그 노인의 장례식에서 사람들은 노인의 꽉 쥔 손가락을 펴려

고 했지만 도무지 펴지질 않았다고 한다. 노인이 움켜쥔
것은 씨앗이었고, 결국 그는 씨앗을 손에 쥔 채로 땅에 묻
힐 수밖에 없었다고 한다. 씨앗을 손에 쥔 채로 땅에 묻힌
그 노인은 어쩌면 길을 잃은 채 방황하는 우리에게 평화의
방향을 가리키고 있는 것이 아닐까?

(2023.11.04.《경향신문》)

/2.

전쟁은 희망의 소거

—

동지가 다가오면서 어둠이 더욱 깊다. 새벽녘 창밖의 짙은 어둠을 내다본다. 육안으로 구별할 수 있는 것은 아무 것도 없다. 가로등 불빛조차 창백하다. 사람들의 벌건 욕 망이 깨어나기 전 세상은 고요하다. 윤동주의 「쉽게 씌어 진 시」의 한 구절이 입에 감돈다. "등불을 밝혀 어둠을 조금 내몰고,/시대처럼 올 아침을 기다리는 최후의 나." '최후의 나'라니! 시인은 왜 이리 비장한 것일까? 순수하고 예민한 감수성의 시인은 시대의 어둠 앞에서 무기력하기만 한 자 기를 견딜 수 없다. 살기 위해 적응해야 하는 현실이 욕스 러운 것이다. 애써 부여잡는 희망은 결국 아침이 밝아올 거라는 사실이다. 과연 아침은 저절로 오는 것일까?

가자지구에서 벌어지고 있는 이스라엘과 하마스의 전쟁의 끝이 보이질 않는다. 전쟁이라 말하지만 실은 소탕전에 가깝다. 수많은 사람이 죽거나 다쳤다. 이스라엘 군인들의 오인 사격으로 인질로 잡혔던 이들이 숨지는 사건도 벌어졌다. 백기를 든 민간인들까지 쏜 것은 두려움 때문일 것이다. 두려움이 사람들의 마음을 장악할 때 이성은 작동하지 않는다. 어느 병원에 한 아기가 실려 왔다. 폭격으로 부모를 잃은 아기는 가까스로 살아남았다. 의사들은 이름조차 알 수 없는 아기의 몸에 "이름을 알 수 없는 트라우마 아기"라고 적어놓았다. 불과 얼마 전까지만 해도 부드럽고 다정한 음성으로 호명되었을 아기가 '이름을 알 수 없는' 존재가 되었다. 이름이 지워진다는 것은 얼마나 두려운 일인가. 그 아이는 일평생 트라우마에 시달리며 살게 될지도 모른다. 전쟁은 희망의 소거다.

독일계 미국 화가인 가리 멜처스Gari Melchers는 1891년에 예수의 탄생을 주제로 그림 한 점을 그렸다. 그의 그림에는 예수의 탄생을 다룬 성화에 자주 등장하는 동방박사도, 목자도, 짐승도, 밝은 별도 보이지 않는다. 그것이 성화임을 보여주는 것은 구유에 눕혀진 아기 예수를 두르고 있는 환한 광채뿐이다. 아기는 평온해 보인다. 그에 비해 마리아는 기나긴 산고에 지친 듯 벽에 놓인 부서진 수레바퀴에 몸을 기댄 채 비스듬히 누워 있다. 다리를 쭉 뻗고 있지만 바닥에는 모포 한 장 깔려 있지 않다. 산모의 몸에 냉기가 스며들지도 모르겠다. 마리아의 발은 먼 길을 걸어왔기 때문인지 조금 부어 있는 것처럼 보인다. 아기를 물끄러미 바라보는 마리아의 시선은 그저 고요할 뿐 기쁨이나 감격의 빛이 서려 있지 않다. 아기를 기다리고 있는 어두운 미래를 예감하기 때문일까? 낮은 의자에 걸터앉은 채 무릎께 두 손을 모으고 구유에 누워 있는 아기를 바라보는 요셉의 표정은 사뭇 결연하다. 미간의 주름은 그가 감내해야 할 무거운 소명을 암시하는 듯하다. 그는 결국 입구 계단 옆에 세워진 지팡이를 손에 쥔 채 자기에게 주어진 삶을 살기 위해 분투할 것이다.

전체주의 사회를 경험했던 정치학자 한나 아렌트Hannah Arendt는 탄생성이라는 개념을 제시했다. 사멸성이 모든 존재의 어쩔 수 없는 운명이라면 탄생성은 고착된 운명과 세상의 인력에 속절없이 끌려가기를 거부하고 새롭게 시작할 수 있는 인간의 능력을 가리킨다. 어둠이 아무리 지극하다 해도 빛을 향해 고개를 들고, 절망의 심연 가장자리에 내몰린 상태에서도 희망의 노래를 부르는 것, 바로 이것이 인간의 탄생성이다. 탄생성이야말로 고착된 운명을 타파하고 새롭게 시작할 수 있는 인간의 능력이다. 부모의 근심을 아는지 모르는지 그림 속의 아기 예수는 평온하다. 그의 존재 자체가 빛이고 메시지다. 누구에게나 인생은 고단하지만 취약해진 사람을 사랑으로 돌보는 일이야말로 빛을 만드는 능동적 행위이다. 구유에 누워 있는 아기는 연약해 보이지만 그 아기의 존재야말로 고단한 그의 부모들을 일으켜 세우는 힘이다. '이름을 알 수 없는 트라우마 아기'의 품이 되어주려는 사람들, 벼랑 끝에 내몰린 채 아뜩한 현기증을 느끼고 있는 이들에게 설 땅이 되어주려는 사람들이 여전히 많다는 사실이 세상의 희망이다. 이 춥고 스산한 계절, 어둠이 깊어가는 시절에 우리는 가장 강력한 희망의 소식을 듣는다. '한 아기가 우리에게 태어났도다.'

〔2023.12.20.《국민일보》〕

13.

정말 두려워해야 할 것들

—

바야흐로 정치의 계절이 다가왔다. 대한 추위가 무섭지만 정치권은 뜨겁기 이를 데 없다. 거대 양당의 틀 안에서 달음질하는 이들도 있고, 새로운 정치를 표방하며 판을 다시 짜느라 이합집산하는 이들도 있다. 출사표를 던진 이들은 저마다 경세가를 자처한다. 좋은 세상을 만들려는 순정한 마음으로 나선 이들도 있고, 허망한 열정에 들떠 나서는 이들도 있다. 유권자들의 분별력이 그 어느 때보다 요구되는 상황이다.

박석무 선생의 『다산의 마음을 찾아』를 읽다가 우리 시대를 비춰주는 것 같은 한 대목과 만났다. 다산은 퇴계가 제자 이중구에게 보낸 편지의 한 구절에 주목한다. 퇴계는 "세상이 나를 알아주지 못한다"고 한탄하는 사람들을 바라보며 그런 탄식이 자기에게도 있다고 고백한다. "나의 경우는 학문이나 능력이 텅텅 빈 사람인데도 그런 줄을 알아차리지 못함에 대한 탄식이라네." 대학자의 겸허한 자기반성이다. 다산은 그런 퇴계의 글을 읽다가 문득 두려움을 느낀다. 그는 자기 재능이 부족하다고 느끼는데 사람들은 도리어 그의 "기억력이 뛰어나다"고 칭찬했기 때문이다. "이런 말을 들을 때마다 모르는 사이에 땀이 나고 송구스럽다. 이를 태연히 인정하여 남들이 속아줌을 즐기다가 진짜 큰 일을 맡기는 경우 군색하고 답답함에 몸 둘 곳이 없을 터이니 매우 두려운 일이다." 성경의 한 지혜자도 같은 취지의 말을 했다. "은금의 순도는 불에 넣어 보면 알 수 있고, 사람의 순수함은 조금만 이름이 나면 알 수 있다." 무서운 말이다. 자기가 한 일보다 더 높은 평가를 받는 사람은 불행하다. 그 평가는 언제든 냉혹한 적대감으로 변할 수 있기 때문이다.

사람들은 저마다 자기의 능력을 과시적으로 드러내려 한다. 은인자중하는 이들은 비존재 취급을 받는 세상이기 때문이다. 정치의 장에서는 특히 사람들의 시선을 끌기 위해 자극적이고 서슬 퍼런 언어를 함부로 사용하는 이들이 많다. 최소한의 품격이나 역사의식조차 갖추지 못한 이들이 사람들의 눈과 귀를 어지럽히는 일이 다반사다. 품성이 모질지 못해 말을 조심스럽게 하는 이들은 대중들의 시선을 받지 못한다. 흉기가 된 말들이 세상을 떠돌고 있다. 무심히 지나가던 이들도 그 말에 찔려 상처를 입기도 한다. 우리 가슴에는 그런 말들에 베인 자국이 무수히 많다. 상처의 기억이 누적될수록 마음의 여백과 정신의 회복탄력성이 점점 줄어든다. 조그마한 차이도 용납하지 못하는 것은 그 때문이다.

플라톤의 철인왕까지는 기대하지 못한다 해도 인문적 교양을 갖춘 이들이 국민의 대표가 되었으면 좋겠다. 복잡하고 다양한 인간의 실상을 깊이 통찰하고, 주변화된 이들의 소리를 귀담아듣고, 역사가 지향해야 할 방향에 대한 분명한 입장을 가진 사람이 필요한 시대다. 그는 또한 우리 시대가 직면한 다양한 위기를 직시하고 그 위기를 헤쳐 나갈 실천적 지혜를 갖추기 위해 부단히 노력하는 사람이어야 한다. 그의 사고는 유연해야 하고, 인간에 대한 존중이 그의 심성 가장 깊은 곳에 자리해야 한다. 다른 사람들을 깎아내리는 것으로 자기 존립의 근거를 삼으려는 사람들, 버럭버럭 피새를 부려 다른 이들의 입을 막아버리는 사람들이 역사의 무대에 오른다면 역사는 퇴행하기 마련이다.

막스 베버Max Weber는 『소명으로서의 정치Politik als Beruf』에서 정치에 대한 소명을 가진 사람은 희망의 좌절까지도 견뎌낼 수 있을 정도의 의지를 갖추어야 한다고 말한다. "자신이 제공하려는 것에 비해 세상이 너무나 어리석고 비열하게 보일지라도 이에 좌절하지 않을 자신이 있는 사람, 그리고 그 어떤 상황에 대해서도 '그럼에도 불구하고'라고 말할 수 있는 사람"이 절실히 필요한 시대다. 이런 책임 정치를 하려는 이들이 많아져야 한다.

정치는 어지럽고 경제는 어렵고 남북 관계는 악화일로다. 기후 위기는 이제 징후를 넘어 일상적 현실이 되었다. 머리를 맞대고 지혜를 짜내어도 난마처럼 얽힌 현실의 실타래를 풀기 어렵다. 오만하고 무지하고 무정하고 남의 소리를 겸허하게 들을 생각이 없는 이들에게 우리 주권을 맡기는 것은 섶을 지고 불 속에 뛰어드는 일과 다를 바 없다. 두려운 일이다.

(2024.01.26.《경향신문》)

14.

우리 위로 떨어지는 섬광

—

얼마 전 시카고에서 열린 콘퍼런스에 다녀왔다. 미국 전역에서 온 참가자들은 30대부터 60대에 이르기까지 연령대가 다양했다. '울림과 어울림'이라는 주제로 진행된 이 모임의 첫 시간에 진행자는 참가자들에게 간단히 자기소개를 한 후, 다섯 글자로 이 모임에 참여하며 품은 소망을 표현해보라고 요구했다. '날마다 기적', '방향성 찾기', '울림 내 안에', '비움과 채움', '살고 싶어서', '한 박자 쉬고', '한 걸음 성장', '나 좀 살려줘', '별을 찾아서', '홀로와 함께', '모름 속으로', '날 놀래켜 줘.' 아주 짧은 이 표현들 속에 각자가 처한 상황과 염원이 고스란히 담겨 있지 않은가.

인생은 저절로 살아지지 않는다. 편안하던 일상에 금이 갈 때마다 우리는 자기 존재에 관해 묻곤 한다. 내가 이 세상에 없지 않고 있다는 사실이 문득 낯설게 여겨질 때가 있다. 막다른 골목에 달한 듯 삶이 답답할 때, 지지부진한 일상에 지쳤을 때, 비일상적인 삶의 계기가 자기에게 다가오기를 기다린다. 물론 그것은 설렘과 동시에 두려움을 동반한다. 낡아버린 시간을 말끔히 비우고 새로운 시간을 채우는 일이 가능할까? 별을 보고 길을 찾던 시대의 사람들처럼 더 높은 곳의 안내를 받으며 살아갈 수 있을까? 가끔은 이 세상에서 천애의 고아가 된 것처럼 외로울 때가 있다. 고독은 스스로 선택한 홀로됨이라면 외로움은 자기가 선택하지 않은 고립감이다. 어떤 이는 그래서 고독은 홀로 있음의 영광이고, 외로움은 홀로 있음의 고통이라 말했다. 독일 신학자 디트리히 본회퍼Dietrich Bonheeffer는 "홀로 있을 수 없으면 함께 있을 수도 없고, 함께 있지 못하면 홀로 있을 수도 없다"고 말했다.

한 참가자는 '헤어질 결심' 혹은 '깨어질 결심'이라고 자기 소망을 표현했다. 물론 영화 제목을 따온 것이기는 하지만 그는 사람들의 기대에 따라 사느라 자기다움을 잃어버린 자신의 과거와 헤어지고 싶었던 것이다. 익숙한 세

73

계를 떠난다는 것은 불확실성 속으로 들어가는 것인 동시에 취약해진다는 뜻이다. 취약해짐이 두려운 사람들은 갑각류처럼 딱딱한 외피를 입고는 그것을 '확신'이라 이름 붙인다. 그러나 확신은 올바른 인식에 근거하기보다는 무지함에서 비롯되는 경우가 많다. 자기 확신 속에 머물 때 그는 확고하게 선 듯하지만 오히려 변화에 닫혀 있기 일쑤다. 종교적 확신 또한 마찬가지다. 내가 알고 있는 세계가 전부라고 생각하지만 그것은 그야말로 대롱으로 세상을 보는 것과 다를 바 없다.

세상은 넓고 복잡하고 정묘하기 이를 데 없다. 그 정묘한 세상에 눈길을 던질 때 우리는 신비 속에서 살고 있음을 자각하게 된다. 경외심이 절로 솟아난다. 경외심이야말로 현대인들이 잃어버린 가장 소중한 가치가 아닐까? 분주함이 신분의 상징이 된 세상에서 사람은 가장 중요한 것들을 망각하기 마련이다. 삶의 자리가 장터로 변한 곳에서 신비에 대한 감각은 스러진다. 어쩌면 신비에 대한 감각의 상실이 우리를 장터로 이끄는 것인지도 모르겠다. 낯익은 삶이 낯설어질 때, 편안하던 삶이 갑자기 권태로워질 때 비로소 새로운 삶이 시작된다.

살다 보면 영문을 알 수 없는 암담함이 우리를 사로잡을 때가 있다. 그것을 형이상학적인 우울이라 할 수 있을까? 그 우울감에 침윤되지 않고 삶의 기쁨에 눈을 뜰 수 있을까? 프랑스의 소설가이자 조형예술가인 클로디 윈징게르Claudie Hunzinger는 『내 식탁 위의 개』라는 책에서 기쁨을 감각하는 것이야말로 우리 자신의 존재를 느끼게 해주는 것이라고 말한다. 그는 기쁨이란 우리에게 아무런 대가 없이 찾아오는 섬광과 같으며, 때로는 가장 절망적인 순간에도 예외 없이 스며든다고 설명한다. 심지어 "진흙탕 같은 전투" 한가운데에서도 불현듯 살아 있음을 느끼게 되는 것이 바로 기쁨이라는 것이다.

　　섬광처럼 우리에게 다가오는 기쁨을 알아차리는 것, 그리고 그것을 향유하는 것, 그것이 우울의 늪에서 벗어나는 길이 아닐까? 우수 절기에 접어들었다. 눈석임물이 흘러 대지를 적시고 생명을 깨우듯 우리의 척박한 역사에도 한 줄기 봄바람이 불어오기를 기다린다.

(2024.02.23.《경향신문》)

15.

명랑하게 저항하는 사람들

—

　"이름도 모르는, 이름을 알 수도 없는, 알고자 할 필요 조차도 없는 씨알 여러분! 하늘의 맑음, 땅이 번듯함 속에 안녕하십니까? 물의 날뜀, 바람의 외침 속에 씩씩하십니까?" 함석헌 선생이 《씨알의 소리》 1974년 6월호를 통해 독자들에게 보낸 편지의 인사말이다. 긴급조치가 발령되어 엄혹했던 시기, 모두가 숨죽이고 살 수밖에 없던 때 그는 독자들의 안부를 묻는다. 그냥 잘 있느냐는 인사가 아니라 정신이 살아 있냐고 묻는 것이다. 그때로부터 꼭 50년이 지난 지금도 이 인사말은 여전히 유효하다. 으밀아밀 계엄을 모의하고 실행한 이들의 실체가 조금씩 드러나고 있다. 어둠은 치밀하고 끈질기고 강고하다.

하지만 어둠은 빛을 이길 수 없다. 물의 날뜀, 바람의 외침 속에서 씩씩하게 일어선 이들의 존재가 그 증거다. 차가운 강바람을 아랑곳하지 않고 12월의 광장으로 달려 나온 이들은 역사의 맥박이 여전히 힘차게 뛰고 있음을 보여주었다. 응원봉을 들고 거리에 나온 숫접은 젊은이들은 엄숙하고 긴장된 시간을 아름다운 화합의 장으로 바꾸어냈다. 시민들이 든 깃발과 피켓에 적힌 문구들은 역사의 흐름을 되돌리려는 이들에 대한 유쾌한 반란이었다. 비장하기 이를 데 없는 광장에 웃음이 스며들었다. 사람들은 산문적 현실 속에 깃든 시적 순간을 경험했다. 직접 참여하지는 못해도 선결제를 통해 연대의 마음을 전하는 이들이 많았다. 휴가를 위해 여뤄두었던 돈을 털어 키즈 버스를 대절한 이도 있었다. 아기들과 함께 동참한 젊은 부부들이 젖을 먹이거나 기저귀를 갈 수 있도록 하기 위해서였다. 이런 섬세한 상상력이 광장을 훈훈하게 만들었다. 광장에 흘러넘치던 생기를 경험한 이들은 우리 속에 깃들어 있는 거대한 가능성에 스스로 놀랐다. 동학농민운동, 3·1만세운동, 4·19혁명, 5·18민주화운동으로 이어지는 유장한 저항의 흐름에 명랑한 정조까지 덧입혀졌다. 역사를 겨울로 되돌리려는 시도는 성공할 수 없다.

독일 작가 귄터 그라스Gunter Grass의 소설 『양철북』은 2차 세계대전 전후의 독일을 배경으로 하고 있다. 주동인물인 오스카 마체라트는 파시즘의 광기에 사로잡힌 아버지와 두 명의 남자 사이에서 흔들리는 어머니를 보며 성인의 세계에 대한 공포를 느낀다. 그는 스스로 성인이 되기를 거부하며 계단에서 굴러떨어져 성장을 멈춘다. 그는 늘 양철북을 들고 다닌다. 양철북은 소통의 수단인 동시에 저항의 수단이다. 오스카는 어른들의 폭력적인 행동이나 음란한 행동을 목격할 때마다 고주파에 가까운 소리를 내질러 주변의 유리를 다 깨뜨린다. 소리 또한 그의 저항 수단이다. 폴커 슐뢴도르프Volker Schlöndorff 감독이 만든 동명의 영화 〈양철북〉에는 매우 상징적인 장면이 나온다. 오스카는 어느 날 자기의 분신과도 같은 양철북을 메고 아버지가 참여하고 있던 나치의 선동장에 숨어든다. 총통이 보낸 나치의 지도자를 환영하기 위해 악단이 연주를 시작하고 군인들이 질서정연하게 행진할 때, 연단 아래 숨어 있던 오스카는 흥분을 감추지 못하고 자기 양철북을 치기 시작한다. 군인들은 어디선가 들려오는 다른 북소리로 인해 박자를 놓치고 스텝이 꼬여 허둥거린다. 악단 역시 갈팡질팡하다가 소리의 혼돈에 빠진다. 다음 순간 작가의 빛나는 상상력이 작동된다. 악단이 연주하던 행진곡이 돌연 왈츠곡으로 전환되고 군중들이 곁에 선 사람들과 어울려 즐겁게 춤을 추기 시작한다. 급기야 나치의 군인들까지도 그 춤판에 끼어든다. 선동하는 말과 전체주의적인 광기가 넘치던 광장이 축제의 현장으로 바뀐 것이다.

광장에서 빚어진 생기가 정치적 혼돈 속에서 속절없이 스러지지 않아야 한다. 동지를 지나며 어둠이 조금씩 물러가고 있다. 권력을 장악하려는 정치인들의 셈법이 차가운 겨울바람이 되어 건강한 시민들이 애써 피워낸 꽃봉오리를 얼어 죽게 만들지 말아야 한다. 가장 엄혹한 시기에도 평화로운 세상의 꿈을 포기하지 않았던 민중적 상상력 또한 지속되어야 한다. 뿌린 씨가 싹이 트지 않을 때 농부들은 움씨를 뿌린다. 포기할 수 없기에. 명랑함으로 시대적 우울을 돌파하는 사람들이 있기에 우리는 희망의 노래를 멈추지 않는다.

〈2024.12.27.《경향신문》〉

16.

지옥에서 벗어날 용기

—

  희망의 조짐과 절망의 조짐이 교차하는 나날이다. 역대 최대 규모라는 로스앤젤레스 산불이 사람들이 애써 일군 삶의 터전을 초토화시켰다. 기후 위기가 초래할 지구적 재앙의 서곡인가 싶어 아뜩해진다. 그 혼란의 와중에도 비어 있는 집에 들어가 약탈을 감행하는 일이 도처에서 벌어졌고, 약탈자 가운데는 소방관의 복장까지 갖춰 입은 이들도 있다 한다. 상처에 소금을 뿌리는 격이다. 재난 속에 피어나는 인정의 꽃도 있다. 기쁨은 개별적이지만 고통은 보편적이다. 많은 자원봉사자가 어려움을 겪고 있는 이들을 돕기 위해 나서고 있다. 리베카 솔닛Rebecca Solnit은 "대재난 속에서 피어나는 혁명적 공동체에 대한 정치사회적 탐사"라는 부제가 붙은 책『이 폐허를 응시하라』에서 "자연이 한번 손을 대면 전 세계가 친구가 된다"고 말한다. 타자의 슬픔과 고통을 덜어주려는 마음이야말로 분열된 세상의 치유제가 아닐까?

15개월간 지속된 이스라엘과 팔레스타인 무장 정파 하마스 사이의 전쟁이 잠정적 휴전 상태에 돌입했다. 인질과 포로 교환 등의 세부적 절차가 남아 있지만 그나마 다행이 아닐 수 없다. 언론은 전쟁으로 인해 죽거나 다친 이들의 숫자를 나열하고 있지만, 그들은 숫자로 환원될 수 없는 고귀한 생명이다. 그 생명을 파괴하고 죽일 수 있는 권한은 누구에게도 주어지지 않았다. 광대하고 광막한 우주에서 생명의 탄생과 성장과 죽음이라는 드라마가 전개되는 지구라는 행성에 초대받은 모든 생명은 고귀하다.

대통령의 구속 영장이 발부된 서부지법에서 벌어진 난동사태는 가히 충격적이다. 법치주의의 근간을 뒤흔드는 사건일 뿐만 아니라 우리 사회의 토대 자체를 허무는 사건이기 때문이다. 정치적 과격주의가 도를 넘었다. 넘어서는 안 되는 선을 넘은 것이다. 과거 군사정부 시절, 무도한 권력에 저항하던 이들이 찾는 마지막 도피처는 명동성당이었다. 공권력은 그곳에 숨어든 이들을 끌어내기 위해 함부로 진입하지 않았다. 보이지 않는 경계를 지키는 것이 사회의 안정을 위해 필요한 일이라 여겼기 때문이었다. 그 무언의 약속이 무너지는 순간 세상은 전쟁터로 변한다. 옛날에는 아기가 태어난 집 대문이나 현관에 금줄을 쳐놓았다. 사내아이가 태어나면 두 가닥으로 꼰 새끼줄에 숯덩이와 빨간 고추를 꽂고, 여자아이가 태어나면 작은 생솔가지와 숯덩이를 꽂았다. 금줄을 보면 방문자들은 태어난 아기를 축복하면서 발길을 돌렸다.

근본주의자들은 세상을 이분법적으로 인식한다. 선과 악, 빛과 어둠, 아름다움과 추함, 거룩한 것과 속된 것이 날카롭게 대립할 뿐 그 사이는 인정되지 않는다. 무수히 많은 중간을 허용하지 않는 배중률이 작동되지 않는 세계는 위험하다. 근본주의자들은 모호함을 견디지 못한다. 머뭇거림은 악덕이다. 이 과도한 열정이 종교적 외피를 입으면 상황은 훨씬 심각해진다. 자기들의 행위를 신의 뜻이라고 여기기 때문이다. 신의 뜻에 어긋나는 이들을 제거하는 일은 숭고하다고 여긴다. 여당의 유력한 정치인 한 사람은 난동에 가담한 이들을 일러 거룩한 전쟁에 참여한 '아스

팔트 십자군'이라 칭했다. 그는 십자군 전쟁이라는 기독교 역사의 오점을 자랑스럽게 호명하고 있다. 과격 시위자들의 행동을 부추기기 위한 수사라고는 하지만 그 표현 속에 내재한 피비린내를 그는 짐짓 외면하고 있다.

세상의 소란스러움에 지칠 때마다, 칠레 시인 파블로 네루다의 시 「침묵 속에서」를 떠올린다. 열둘을 세고 모두 함께 침묵하며, 잠시 동안 지구 위에 서서 어떤 언어로도 말하지 않고, 단 한 순간이라도 멈춰 손조차 움직이지 않는다면, 그것은 아주 색다른 순간이 될 것이라 말한다. 대한에서 입춘으로 이행하는 이 계절에 뜨겁게 달아오른 마음을 식히기 위해 잠시 멈출 수 없을까? 절망의 조짐을 희망의 조짐으로 전환시킬 수는 없는 것일까? 영성가인 토머스 머튼Thomas Merton은 "지옥은 사람들이 서로 미워하는 것 외에는 아무런 공통점도 없고 서로를 떠날 수도 없으며 그들로부터 떠날 수 없는 곳"이라고 말했다. 지옥에서 벗어날 용기가 절실히 필요한 시대이다.

(2025.01.24.《경향신문》)

/7.

우리는 선택 앞에 서 있다

—

　국어사전은 삼세판을 "더도 덜도 말고 꼭 세 판"이라고 설명한다. 맞는 말이지만 삼세판의 심리를 오롯이 드러내지는 못한다. 우연이 작동할 가능성이 많은 단판 승부는 재도전의 기회를 부여하지 않는다. 승자는 안도하지만 패자는 쉽게 승복하기 어렵다. 경쟁이 치열하고, 사회적 긴장도가 높은 사회일수록 배제의 논리가 기승을 부린다. 우리 사회에 삼세판의 여백은 사라지고 사회적 낙인찍기가 만연하고 있다. 낙인찍기는 어떤 사람의 특정한 행동에 대한 평가가 아니라 그의 존재에 대한 단정적 평가이기에 가혹하다. 낙인찍힌 사람들은 모든 삶의 가능성이 사라진 것

같은 암담함을 느낀다. 그 폐쇄된 어둠은 일쑤 자기 비하 혹은 자기 존재에 대한 부정으로 이어진다. 배우 김새론 씨의 죽음은 우리 사회가 얼마나 가혹하게 변했는지를 보여주는 징표적 사건이다. 우리 사회를 오징어 게임의 실사판으로 보는 이들이 있다. 살벌한 세상이다.

낙인을 찍는 이들은 자기가 낙인찍은 이들과의 소통을 거부할 뿐만 아니라 그들의 요구와 상황을 이해하려고 애쓰지 않는다. 자기가 만든 프레임 속에 머물 뿐이다. 그들은 자기를 반성적으로 돌아보지 않는다. 자기 옳음에 대한 확신에 사로잡혀 있기 때문이다. 이것은 일종의 정신적 게으름이다. 성찰 혹은 자기 심판이 배제된 확신은 위험하다. 자기를 의문시할 줄 모르는 이들이 활개를 치는 세상은 창조적인 삶이 불가능한 불모지다.

많은 이해관계가 충돌하고 있는 세상은 복잡하고 미묘하고 모호하다. 그 다층적 세계에서 살아가는 이들을 사로잡고 있는 기본적인 정서가 불안이다. 불안이 상수가 된 세상에서 산다는 것은 참 힘겨운 일이다. 불안을 삶의 일부로 받아들이며 사는 이들도 있지만 불안에 사로잡혀 사는 이들도 있다. 그들은 확고한 삶의 토대를 갈구한다. 사람을 개별화하고 고립시키는 세상에 지친 이들일수록 연결 혹은 소속의 열망이 강하다. 바로 그런 열망이야말로 근본주의적 신앙과 정치적 과격주의의 온상이다. 사람들은 강렬한 소속감을 부여해주는 집단에 맹목적인 충성심을 보인다. 신앙적 확신의 언어로 무장하고 있지만 사용하는 언어는 천박하고 세계관은 협소한 이들이 있다. 특정한 정보에 갇혀 새로운 정보를 받아들이는 유연성을 발휘하지 못할 때 우리 정신은 흐려진다. 자기 견해에 동조하지 않는 이들을 비진리로 규정하고 적대하는 옹호의 덫이 작동되는 것이다.

아우구스티누스는 인간의 마음은 선과 악이 싸우는 투기장이라고 말한다. 선과 악 사이에서 균형을 잡아가며 살아야 하는 것이 인간의 숙명이다. 자기 안에 있는 다양한 충동들을 어떻게 다루느냐에 따라 우리 삶의 방향이 결정된다. 인간의 인간됨은 자기의 욕망을 억제하고, 자신의 성향을 거슬러 행동하는 데서 비롯된다. 자기를 넘어서는 것이 인간의 소명이다.

존 스타인벡John Steinbeck의 소설 『에덴의 동쪽』은 캘리포니아 북부에 있는 살리나스 계곡에 터 잡고 살아가는 이들의 이야기를 들려준다. 이 소설은 성경에 나오는 가인과 아벨의 이야기를 라이트모티프로 삼아 갈등 속에서 살아가는 현대인들의 참상을 보여준다. 전반적으로 침울하지만 작가는 희망의 싹을 남겨놓았다. 트래스크 가문의 하인으로 등장하는 중국계 미국인 리는 창세기에 나오는 "너는 죄를 잘 다스려야 한다"라는 구절을 새롭게 해석한다. 히브리어를 연구한 그는 '팀셸timshel'이라는 단어는 '다스려라'라는 명령 혹은 '다스릴 것이다'라는 예정으로 해석할 것이 아니라 '다스릴 수도 있을 것이다'라는 선택 가능성으로 번역해야 한다고 말한다. "인간은 죄의 충동으로부터 자유로울 수는 없지만, 선과 악을 선택할 수 있는 자유를 부여받은 존재라는 것"이라고 말한다. "어쩌면 이것은 세상에서 가장 중요한 단어일지도 모릅니다. 선택의 길이 열려 있다는 말이니까요."

우리는 선택 앞에 서 있다. 혐오와 분열과 배제의 말과 몸짓에 휩쓸리지 않고 온몸으로 어둠과 맞서 빛을 만들고, 친절함으로 세상에 봄을 가져오는 사람들이 세상의 희망이다. 마침 우수 절기에 접어들었다. 자기 속의 얼음을 녹여 생명을 싹틔우는 이들이 더욱 그리운 시대다.

〈2025.02.21.《경향신문》〉

삭막하고 곤두선

전
쟁
터

1.
표정을 잃은 사람들

—

함석헌 선생은 우리가 세상에 온 것은 참 얼굴 하나 보기 위해서라고 말했다. 그 얼굴만 보면 세상을 잊고, 나를 잊게 되는 얼굴. 그 얼굴만 대하면 가슴이 큰 바다 같아지고, 남을 위해 주고 싶은 마음이 파도처럼 일어나는 얼굴, 마주 앉아 그저 바라보고 싶은 얼굴 말이다. 때로는 햇빛처럼 환하게 빛나고, 풍랑 속에서도 태산처럼 평안히 잠이 들고, 세상의 온갖 아픔을 짊어진 듯 통곡할 줄도 아는 얼굴이야말로 참 사람의 얼굴이 아니던가?

신산스런 삶의 과정을 거치는 동안 들끓던 욕망이 잦아

들어 담담함에 이른 얼굴과 마주칠 때가 있다. 세월이 그의 얼굴에 새겨놓은 흔적을 바라보며 우리는 안쓰러움과 고마움을 동시에 느낀다. 그러나 희로애락의 감정이 드러나지 않는 얼굴은 오히려 낯설기만 하다. 절대적인 부동의 세계에 갇힌 것처럼 보이기 때문이다. 어떤 운명의 타격이 그에게서 생기를 빼앗아 간 것일까? 그 앞에 서는 순간 말문이 막히고 마치 죄인이 된 것 같아 몸 둘 바를 몰라 한다. 생때같은 자식들을 잃은 부모의 얼굴이 그러하고, 지속적인 폭력에 시달린 이들의 얼굴이 그러하다.

나치의 절멸수용소에서 살아남아 평생 증언자로 살았던 엘리 위젤Elie Wiesel의 책 『벽 너머 마을』에 등장하는 마이클은 홀로코스트 생존자다. 그는 고향인 헝가리에 갔다가 비밀경찰에게 잡혀 투옥되고 고문을 당한다. '기도'라는 고문인데, 유대인들이 기도하는 모습과 닮았다 하여 붙은 이름이다. 고문자들은 마이클이 원하는 대답을 할 때까지 벽 앞에 며칠이고 세워둔다. 잠을 잘 수도, 벽에 기댈 수도 없다. 영원처럼 느껴지는 시간의 공포를 견디기 위해 마이클이 붙드는 것은 '기억'이다. 그는 동료를 지키기 위해 극심한 고통을 감내한다. 그것만이 자신의 존엄을 지키는 일이라 여기기 때문이다.

나중에 감방으로 옮겨졌을 때 그는 표정을 잃은 한 소년과 만난다. 인간의 감정을 드러내지 않는 얼굴이 마치 벽처럼 느껴졌다. 그는 소년의 얼굴에 표정이 떠오를 때까지 춤추고, 웃고, 손뼉 치고, 더러운 손으로 제 몸을 긁고, 혀를 내밀어도 본다. 인간이 된다는 것은 바로 그런 것이기에. "어느 날이고는 얼음은 깨어질 거고 그리고 나면 너는 미소 짓기 시작하게 되겠지. 내게 있어 그 미소는 우리의 힘, 우리의 약속의 증거가 될 거야." 한 사람의 얼굴에 미소가 돌아오게 만드는 것, 그를 부동의 세계에 가두던 얼음을 녹여주는 것, 세상을 더 이상 고향으로 인식할 수 없어 하는 이들에게 고향이 되어주는 것, 바로 그것이 인간이 된다는 말이 아닐까?

양부모로부터 학대받다가 결국 죽음에 이른 정인이 이야기를 들으며 말문이 막혔다. 그 무고하고 연약한 생명에 가해진 무자비한 폭력은 우리가 인간이라는 사실을 부끄럽게 만든다. 사진 속의 정인이는 점점 표정을 잃어가고 있었다. 심지의 불꽃이 스러지듯 생기를 잃은 그 얼굴은 모든 것을 체념한 것처럼 보였다. 그 얼굴이 우리의 양심을 고발한다. 무정하고 사납고 교만하며 자기애에 사로잡힌 우리 문명의 본질을 돌아보라고. 정인이의 양부모가 기독교인이었다는 사실 앞에서 우리는 할 말을 잊는다.

어느 때부터인가 우리 사회에서 종교 특히 개신교회는 사회 통합을 저해하는 집단으로 인식되고 있다. 가장 잘 믿는다고 스스로 자부하는 이들이 오히려 시민적 상식으로부터 멀어지고, 사람과 사람 사이를 가르고, 가름의 저편에 있는 이들에게 수치심을 안겨주는 일이 다반사다. 성찰적 자세를 잃어버리는 순간 종교는 허위의식이 되고 만다. 허위의식으로 변한 종교는 생명을 살리는 일에 무능력하다.

위젤은 『벽 너머 마을』 말미에 일체의 인간적 감정을 드러내지 않는 소년을 깨우기 위해 노력하는 동안 마이클을 사로잡고 있던 영혼의 어둔 밤이 물러갔다고 말한다. 그 소년의 이름은 엘리에젤이었다. '신은 내 기도를 이루셨도다'라는 뜻이다. 한 소년의 얼굴에 인간적 표정을 돌려주는 것보다 더 아름다운 일이 또 있을까?

(2021.01.09.《경향신문》)

2.

결핍에 대한 자각

—

신도시 건설을 기획하는 자리에 있는 이들이 비밀스런 정보를 활용해 그 지역의 땅을 사들였다고 한다. 친인척이나 지인들에게 으밀아밀 정보를 건네면서 그들은 '꿩 잡는 게 매'라고 생각했을까? 지상에 방 한 칸 마련하려고 온갖 굴욕을 감수하며 살아온 이들의 마음에 후림불이 당겨지는 것은 어쩌면 당연한 일인지도 모르겠다. 세상 돌아가는 이치가 다 그런 거 아니냐고 심드렁하게 말하는 이들도 있지만 그들은 어쩌면 객체화된 권력에 길들여진 사람들일 것이다. 직무와 관련되어 취득한 정보를 사적 이익을 위해 활용하는 것은 슬기로운 투자 생활이 아니라 직무 유기다.

공공의 것을 사유화하는 것이야말로 모든 죄의 뿌리다.

인간은 모두 이 땅에 잠시 머물다가 떠나야 하는 나그네다. 시간과 공간의 제약 속에서 살아가는 인간은 늘 양가감정에 시달린다. 유한함에 대한 뼈저린 인식과 더불어 무한에 대한 동경을 품고 산다. 한정된 공간 속에 안전하게 머물고 싶은 생각이 드는 동시에 삶의 지평을 확장하고 싶은 열망이 우리를 몰아대기도 한다. 이 둘 사이에서 어떻게 균형을 유지하며 사느냐가 관건이다. 도시에 사는 이들은 장소로부터의 소외를 운명처럼 받아들인다. 삶을 안전하게 누릴 장소에 대한 욕구가 강렬하지만 현실은 그런 장소로부터 우리를 자꾸 밀어낸다.

성경은 에덴 이후에 태어난 첫 사람인 가인이 형제 살해자가 되었다고 말한다. 신의 개입은 언제나 사후적이다. 동생을 죽인 가인을 찾아온 신은 "네 동생이 어디 있냐?"고 묻는다. 대답을 얼버무리는 가인에게 신은 "너의 아우의 피가 땅에서 나에게 울부짖는다"고 말한다. 무고한 사람의 피를 받아 마신 땅은 더 이상 효력을 나타내지 않는다. 농사꾼이었던 가인은 그 땅을 떠나 유배자가 된다. 가인은 에덴의 동쪽으로 이주해 놋이라는 곳에 정착한다. 놋은 '방황' 혹은 '방랑'이라는 뜻이다. '너'의 살 권리를 인정하려 하지 않는 인간의 보편적 운명을 장소로 표현한 것이다.

가인의 후예들에게 정신적 허기와 갈증을 달래고, 삶의 과정에서 입은 상처를 치유할 내밀한 공간은 허락되지 않는다. 세월이 많이 흘렀지만 형편은 조금도 다르지 않다. 지금 우리 현실은 더욱 참담하다. 땅과 집이 그런 고유한 장소가 아니라 투기의 대상이 되었기 때문이다. 몽골의 초원에 사는 이들과 만나려고 게르에 들른 적이 있다. 게르는 목초지를 따라 이동하며 살아야 했던 유목민들의 지혜가 반영된 구조물이다. 언제든 해체할 수 있고, 다시 조립할 수 있으니 말이다. 한나절이면 해체와 조립이 가능한 집이지만, 유목민들은 그 집을 부끄러워하지 않는다. 오히려 찾아오는 손님을 흔연하게 맞아들이는 환대의 공간이다. 남루한 옷과 이불, 간소한 살림살이가 전부였지만 그들은 결코 가난하지 않았다.

부유하지만 가난한 이들도 있고, 가난하지만 부유한 이들도 있다. 누구나 부유하기를 바라지만 그 마음에 사로잡히는 순간 불행이 시작된다. 결핍에 눈길을 주며 사느라 이미 누릴 수 있는 것들을 누리지 못하기 때문이다. 결핍에 대한 자각은 타자들을 함께 살아야 할 이웃이 아니라 잠재적 경쟁자로 대하게 만든다. 결핍을 채울 수 있는 일이라면 무슨 일이든 마다하지 않는다. 욕망의 불길이 우리를 사르는 동안에는 삶에 대한 성찰이 일어나지 않는다. 우리가 함께 살아야 할 공간을 훼손하면서도 죄책감조차 느끼지 않는다. 비평가인 조지 스타이너George Steiner는 "우리가 훼손된 행성의 손님이라는 사실을 무겁게 의식"해야 한다고 말한다. 우리는 서로의 손님이 되어야 한다. 손님이 된다는 것은 주인의 법과 관습을 받아들이는 것이다. 손님은 떠날 때가 되면 머물던 자리를 자신이 처음 왔을 때보다 더 깨끗하고 아름답게 만들어야 한다.

기원전 8세기에 활동했던 예언자 이사야는 자기 시대의 부자들의 행태를 신랄하게 고발했다. "너희가, 더 차지할 곳이 없을 때까지, 집에 집을 더하고, 밭에 밭을 늘려나가, 땅 한가운데서 홀로 살려고 하였으니, 너희에게 재앙이 닥친다!" 누군가의 설 자리를 빼앗는다는 것, 그래서 그들을 절망의 벼랑으로 내몬다는 것은 참 두려운 일이다.

〈2021.03.13.《경향신문》〉

3.

자기 확신이라는 덫

—

사람은 저마다 세상의 중심이다. 지구가 태양 주위를 돈다는 것은 상식이지만, 사람들은 자기를 중심에 놓고 세상을 파악한다는 사실을 직시하는 이들은 많지 않다. 나와 타자들의 거리가 적정선에서 유지될 때는 편안하지만, 그 거리의 규칙이 무너질 때는 불편해한다. 가깝다고 생각한 사람이 실은 멀리 있다는 사실을 아는 순간 서운함에 사로잡히고, 멀다고 생각한 이가 암암리에 세워둔 심리적 경계를 넘어 성큼 다가올 때 불쾌감을 느낀다.

사람은 단독자로 태어났지만 관계 속에서 살아간다.

'함께 그러나 홀로' 존재인 인간은 그 묘한 균형을 찾지 못해 흔들리고 시시때때로 감정의 부침을 겪는다. 상대방이 나의 기대대로 움직여줄 때는 평화롭지만 자율적으로 처신할 때 불화가 빚어진다. 관계에 금이 가는 것이다. 그 금은 시간이 지나면 사라지기도 하지만 그대로 방치하면 더 커지기 마련이다. 관계에 균열이 생기면 상대방의 말이나 특정 행동이 아니라 상대방의 존재 자체가 부담스러워지기도 한다. 그 마음을 자기 속으로 끌어들여 성찰을 통해 삭히거나 승화시키면 다행이지만, 그것을 언어화하여 발설하는 순간 관계는 걷잡을 수 없이 망가진다. 언어는 현실의 반영이기도 하지만 현실을 창조하기도 하니 말이다. 관계의 파탄이다.

그때부터 어떤 프레임이 작동하기 시작한다. 프레임은 우리가 세계를 이해하거나 해석할 때 사용하는 인식의 틀이다. 프레임은 대상을 향한 우리의 감정, 태도, 판단을 내포한다. 프레임은 객관적일 수 없다. 모든 프레임은 편파적이다. 따라서 폭력적이기 쉽다. 자기 프레임 속에 다른 이들을 대입하는 것은 마치 살아 있는 존재를 딱딱한 틀 속에 가두는 것과 같다. 생명에 대한 억압인 동시에 왜곡이다. 프레임이 작동하는 순간, 사실은 중요하지 않다. 사람들은 자기의 선입견을 재확인시켜주는 정보만 받아들인다. 프레임이 타자를 가두는 틀인 것처럼 보이지만 실은 자기 자신을 가두는 감옥인 것은 그 때문이다.

올림픽에서 삼관왕에 오른 안산 선수를 두고 많은 논란이 빚어졌다. 사실은 논란거리라 할 만한 것도 못 된다. 일단의 사람들이 안산 선수의 짧은 머리는 그가 페미니스트인 증거라면서 금메달을 박탈해야 한다고 주장했다 한다. 그냥 웃어넘길 수도 있는 사안이었지만 언론이 그 이야기를 가십성으로 다룸으로 공론의 장이 형성됐다. '짧은 머리'와 페미니즘을 연결시키는 상상력이 기괴하다. 이 사건은 우리 사회가 얼마나 분열되어 있고 경직되어 있는지를 보여주는 상징적인 사례다. 모든 사람이 정보의 생산자가 된 시대에 사람들은 다른 이들의 시선을 끌기 위해 부정성을 강화하는 방식으로 정보를 유통시킨다. 진실 혹은 인간에 대한 예의는 고려되지 않는다. 오염된 정보를 접하는 이들은 끈적끈적한 불쾌감에 사로잡힌다. 경쾌한 유머가 잦아들고 명랑한 얼굴 또한 사라진다. 우리는 디스토피아 앞에 서 있다.

프레임을 공유하는 사람들이 많을수록 사람들은 자기

확신이라는 덫에 확고히 포박된다. 갇혀 있으면서도 갇힌 줄 모른다. 세상의 진실을 보고 있는 것은 자기들뿐이라는 오도된 선지자 의식으로 인해 그들은 반사회적인 행동을 하기도 한다. 프레임에 종교적 확신이 더해지면 문제는 더욱 심각하다. 나는 옳고 너는 그르다는 근본주의적 태도가 내면화되기 때문이다. 신앙은 상식을 넘어서는 것이지만 시민적 상식과 함께 가지 않으면 안 된다. 적당히 세상과 타협하라는 말이 아니다. 신앙의 신비는 역설 속에서 모습을 드러내지만, 신앙의 진실함은 구체적인 일상 속에서 스스로 입증되어야 한다.

자기중심성은 뿌리가 깊어 좀처럼 근절되지 않는다. 그러나 길이 아주 없지는 않다. 사람은 가끔 자기중심성에서 벗어나는 경험을 한다. 사랑에 사로잡히는 순간이다. 사랑은 자기를 초월하게 한다. 고립감을 털고 일어나 일치의 신비 속으로 들어갈 용기를 우리 속에 불어넣는다. 사랑에 사로잡혀 사는 이들이 있다. 고통받는 이들 곁으로 다가가 벗이 되어주고, 그들 속에 생기를 불어넣는 사람들 말이다. 사랑을 가시화함으로 인류에 봉사하는 사람들, 그들에게서 우리는 그리스도의 향기를 맡는다.

(2021.08.04.《국민일보》)

4.

실체를 알 수 없는 말

—

인간이 정치적 동물이라는 말은 진부하지만 그렇다고 부정할 수도 없는 현실이다. 타인의 강제에서 벗어나 자유롭게 자기 삶을 선택할 뿐 아니라, 적극적으로 정치에 참여해 함께 살아갈 세상의 모습을 형성하는 것은 자유인의 권리이자 의무다. 정당함이 없는 권리에 순응해야 할 때 비애감이 발생한다. 고대 그리스 사람들은 왕을 절대적 권력자가 아니라 질서를 유지하기 위한 조정자로 인식했다. 왕을 뜻하는 말 가운데 하나인 '코스메토르'는 '코스메오하는 사람' 즉 '정돈하는 사람'이라는 뜻이다. 전제적인 지배를 경계하는 동시에 정치를 미학화하는 명칭이라 할 수 있다.

정치권력을 얻으려는 이들은 누구나 자기가 복잡하게 얽힌 사람들의 이해관계를 조정할 적임자라고 말한다. 자기가 적임자라는 사실을 사람들에게 납득시키기 위해 정치인들은 설득의 기술을 발휘한다. 물론 그 도구는 '말'이다. 말을 뜻하는 그리스어 로고스는 다양한 의미를 내포한다. 자연의 이치, 인간이 따라야 하는 도덕 법칙, 그것을 파악하는 인간의 이성 등이 그것이다. 정치판은 로고스가 드러나야 하는 자리다. 하지만 현실은 그렇지 못하다. 정치적 설득의 묘를 발휘하기보다는 상대편의 문제를 드러내는 일에 집중한다. 그가 왜 부적격자인지를 드러내는 편이 자기의 비전을 보여주는 것보다 훨씬 효과적이라고 판단하기 때문이다. 어지러운 말의 난장 속에서 사라지는 것은 진실과 그 나라의 미래다. 상대를 부정함으로 승리를 거두었다 해도, 그 승리의 기쁨 속에는 패자들의 한이 서려 있기 때문이다. 결국 말이 문제다. 말이 세상을 세우기도 하고 무너뜨리기도 한다.

솔로몬은 이스라엘의 황금시대를 연 인물이다. 그 이름은 지혜로운 사람의 대명사로 사용되기도 한다. 아버지 다윗의 뒤를 이어 왕이 된 그는 이스라엘의 국력을 최대치로 신장시켰다. 그는 왕권을 강화하기 위해 화려한 궁전을 지었고, 사회 통합의 상징으로 성전을 짓기도 했다. 기독교인들은 솔로몬의 최대 치적을 성전 건축으로 여기기도 한다. 그러나 빛이 밝으면 어둠도 짙은 법이다. 솔로몬 치하에서 백성들의 삶은 피폐해질 대로 피폐해졌다. 솔로몬은 백성들에게 왕실 재정을 충당하기 위해 과중한 세금을 부담시켰고, 양곡 저장 성읍, 병거 주둔 성읍, 기병 주둔 성읍, 궁전, 성전 등 대규모 토목 공사를 위해 성인 남성들을 강제 노역에 동원했다. 성경은 성전 건축을 출애굽 사건의 완성으로 기록하고 있지만, 사실 솔로몬 시대는 출애굽 정신을 철저히 훼손하고 있었다고 할 수 있다. 사람들을 전제 정치로 이끌어 들였으니 말이다.

잠복되어 있던 불만은 솔로몬 사후 그의 아들 르호보암이 왕위를 계승할 때 터져 나왔다. 백성의 대표들이 그를 찾아가서 솔로몬 시대의 가혹한 정책을 철회해달라고 요구했다. 그러나 르호보암은 민중들의 고충을 알 리 없는 측근들과 상의한 후 이전보다 더 강화된 통치를 하겠다고 선언한다. 그로 인해 여로보암이라는 지도자를 따르는 이들이 독립하여 북쪽에 이스라엘 왕조를 세운다. 바야흐로 남북 분단 시대가 개막된 것이다. 솔로몬의 황금시대는 이렇게 끝났다. 가장 큰 치적으로 여겨졌던 성전 건축이 오히려 분단의 단초가 된 것이다. 역사의 아이러니가 아닐 수 없다.

시인 정현종은 「권좌權座」라는 시에서 많은 이가 흠모해 마지않는 권좌가 얼마나 위험한가를 노래한다. 권력의 들큼한 맛에 취하는 순간, 로고스(이성과 논리)는 뒷걸음질 치고 냉소와 조롱, 악다구니가 그의 영혼을 잠식한다. 결국 권좌에 대한 욕망이 치욕의 원천이 되는 이유도 여기에 있다. 정치에서 대립은 피할 수 없는 일이지만, 자신을 돋보이게 하려고 타인의 삶 전체를 능멸하는 순간, 그들은 그들 자신도 똑같은 덫에 갇힐 수밖에 없다는 사실을 깨달아야 한다.

여야를 막론하고 대통령 후보 선출을 위한 과정이 진행 중이다. 냉철하고 탁월하고 품위 있는 말이 오가기를 기대하지만 현실은 정반대다. 이미지로 포장되어 실체를 알 수 없는 말들이 세상을 떠돌며 사람들을 갈라놓고 있다. 말을 망가뜨리는 것처럼 큰 죄가 또 있을까? 신뢰의 토대인 말이 타락하는 순간, 세상은 원시적 혼돈으로 돌아가기 마련이다. 기후 위기로 인해 우리 삶의 터전이 무너지고 있는데, 정치인들은 여전히 사람들의 욕망에 부합할 길만 모색하고 있는 것은 아닌가? 코스메토르적 지도자는 어디에 있는가?

(2021.09.25.《경향신문》)

5.

폭력이 스쳐 지나간 자리

—

시적시적 겨울을 통과했다. 느리지만 분명한 폭력이 스쳐 지나간 자리에 남은 것은 무거움이다. 누군가를 조롱하고 깎아내리기 위해 발화되는 말들은 당사자가 아닌 사람에게도 상처를 입힌다. 그 말들이 공론의 장을 떠돌고 있기 때문이다. 듣지 않으려 해도 그 말들은 집요하게 귓전을 파고든다. 그 말들로 인해 가슴에는 시퍼런 멍이 들었고 창조적이어야 할 시간은 눅진눅진하게 변했다.

입춘 무렵부터 공원을 걸으며 사방을 두루 살피는 것이 일종의 의례가 되었다. 무거워진 일상을 잠시나마 뒤로 하고 다른 시간 속으로 돌입하기 위한 나름의 방법이다. 살짝 물이 올라 연록빛을 띠는 버드나무를 보며 '오오' 하고 감탄하기도 한다. 남녘에 벌써 꽃이 지천으로 피고 있다는 소식을 접한 순간부터 산수유나무를 살피고 있지만 아직 노란 꽃망울을 터트릴 생각이 없어 보인다. 그래도 볕뉘를 받아 몸을 일으키는 식물들을 보며 대견하다고 칭찬해준다.

세상이 소란하다. 쇠고기, 주술과 무속, 욕설, 본부장, 선제공격, 대장동, 루머. 우리 시대의 난맥상을 보여주는 징후적 단어들이다. 징후는 과거에 뿌리를 내리고 있지만 미구에 닥쳐올 일들을 예고한다. 징후 읽기는 그렇기에 중요하다. 징후 혹은 낌새를 알아차릴 수 있어야 위험에 빠지지 않을 수 있다. 지도자들은 징후를 잘 읽어야 한다. 다른 이들이 포착하기 어려운 징후를 읽고 역사가 지향해야 할 방향을 잘 가늠해야 한다. 혼란스러운 세태를 꿰뚫어보는 혜안과 세계관과 포용의 리더십이 절실하다. 그러나 지금의 대선 국면에서는 그런 지도자가 보이지 않는다. 표를 얻어야 하는 정치인들이 대중들의 욕망에 기생하려 하는 것은 어쩔 수 없는 현실이라 해도, 파괴적 열정이 아니라 창조적 열정으로 국민의 마음을 붙들 수는 없는 것일까? 큰 정신이 사라진 자리에 남는 것은 욕망의 파편들이다. 그 파편들은 누군가의 발을 찌르기 마련이다.

성경은 세계가 정의와 공의의 토대 위에 세워졌다고 말한다. 정의라고 번역되는 히브리어 미슈파트는 '사법적 정의'를 일컫는 말이다. 재판관이 법에 따라 공정하게 일을 처리하는 것을 가리킨다. 정의는 힘이 있는 사람들을 편들지 않고 가난한 사람이라 하여 불법을 묵인하거나 두남두지 않는다. 다수의 사람이 연루되었다 하여 있는 죄를 없다고 하지 않는다. 없는 죄를 만들어 벌을 주지도 않는다. '세상이 다 그렇지!' 하면서 톡탁치지 않는다. 사법적 정의가 바로 설 때 사람들은 공권력을 신뢰한다.

공의라고 번역되는 히브리어 쩨다카는 '회복적 정의'를 일컫는 말로 자선 혹은 구제라는 뜻을 내포한다. 어떤 사회든 사람들의 공동생활에서 발생한 잉여를 분배하는 과정을 통해 어떤 이는 부유해지고 또 어떤 이는 가난에 빠진다. 성경은 형편이 좋지 못한 사람들을 배려함으로써 그들이 인간다운 삶을 누릴 수 있도록 하는 것이 부자들의 의무라고 가르친다. 그것이 옳은 삶이다. 하지만 공의는 개인의 자선 행위에만 기댈 게 아니라 사회제도 속에서 구현되어야 한다.

정의와 공의는 일종의 사회적 자본이다. 그것이 현실 속에서 풍부하게 구현될 때 사람들은 높은 도덕성을 보이고, 강한 귀속의 감정을 느낀다. 정의와 공의에 대한 신뢰가 무너질 때 사람들은 스스로 안전망을 만들기 위해 안간힘을 다한다. 사회학자 정수복은 『한국인의 문화적 문법』이라는 책에서 한국인들이 자기도 모르는 사이에 내면화하고 사는 삶의 문법이 있다고 말한다. 가족주의와 연고주의도 그중 일부다. 세상에 믿을 것은 가족 밖에 없다는 사고는 시민의식의 부재를 초래한다. 사적 이익을 넘어서 공공성에 대한 생각을 하지 못하도록 한다는 말이다. 공적인 지위에 있는 이들이 가족의 호칭으로 서로를 호명하는 것도 일종의 유사 가족 만들기라고 볼 수 있다. 우리 사회의 많은 병폐는 연고주의로 인해 발생한다. 학연, 혈연, 지연이라는 연줄이 없는 사람들은 설 자리가 마땅치 않다. 연줄에 연결되어야 특권을 나누는 일에 끼어들 수 있다. 집단 이기주의의 병폐는 바로 이 연고주의를 숙주로 하여 자란다. 공정한 세상의 꿈은 늘 이 장벽 앞에서 스러지곤 했다. 그러나 꿈은 죽지 않는다.

선거는 시민들이 투표라는 행위를 통해 자기들이 살고 싶은 세상을 선택하는 일이다. 선거는 주류 세계에서 밀려

난 이들도 동일한 발언권을 가지는 공동체의 축제가 되어
야 한다. 공론장을 독점하면서 사람들의 의식을 조정하거
나 오염시키려는 이들이 많다. 그들에게 속지 말아야 한다.

(2021.02.12.《경향신문》)

6.

자취를 감춘 겸손함

—

초나라와 월나라가 장강을 사이에 두고 전쟁을 벌이고 있었다. 강 상류에 있던 초나라는 물길을 따라 내려와 전쟁을 치렀다. 기세가 대단했다. 그러나 퇴각할 때는 사정이 달랐다. 물길을 거슬러 올라야 했기 때문이다. 월나라의 경우는 정반대였다. 뭔가 묘수를 찾던 초나라는 유명한 기술자인 공수반을 모셨고, 공수반은 초나라를 위해 중요한 도구 두 개를 만들었다. 하나는 잡아당기는 갈고리 구鉤였고, 다른 하나는 밀어내는 기구인 거拒였다. 적이 탄 병선이 후퇴하려고 하면 '구'로 잡아당기고, 전진해오면 '거'로 밀어냈다. 초나라는 이 기구들 덕분에 전쟁에서 승리할 수 있었다. 공수반은 자기의 발명품에 대해 상당한 자부심을 느꼈다. 그때 마침 그의 동향 사람인 묵자가 초나라에 왔다. 공수반은 자기 업적을 자랑삼아 이야기했다. 그러자 묵자는 자신이 만든 '구鉤'와 '거拒'가 공수반이 만든 것보다 훨씬 강력하다고 말하는데, 이 이야기는 위앤커의 『중국신화전설』에서 찾아볼 수 있다. 묵자는 자신이 만든 '구거鉤拒'에 대해 설명하며, '구'는 사랑으로 만든 것이고, '거'는 공손함으로 만든 것이라고 말한다. 그는 사람들이 사랑의 갈고리를 사용하지 않으면 서로 가까워질 수 없고, 공손함으로 만든 방어막이 없다면 서로에게 함부로 대할 것이라고 말한다. 그렇게 되면 결국 사람들은 뿔뿔이 흩어질 수밖에 없기 때문에, 따라서 사람들이 친밀한 관계를 유지하려면 서로를 공손하게 대해야 하며, 이것이 곧 서로에게 이로움을 주는 길이라는 것이다. 묵자의 '구거'는 상생의 도구였다. 우리는 일상에서 잡아당기는 갈고리 '구'와 밀어내는 도구 '거'를 가지고 산다. 무력한 이들을 잡아당겨 해치거나 지향과 생각이 다른 이들을 경계선 밖으로 밀어낸다.

고난 주간을 지나며 평화의 도성으로 불리는 예루살렘에서 벌어진 일들을 떠올린다. 하나님의 일을 위해 구별된 이들에게 요구되는 것은 경외심과 더불어 겸손함이다. 경외심을 잃는 순간 그들이 대표하는 종교는 이익의 수단으로 전락한다. 자기들에게 위임된 역할을 특권으로 치환하는 순간 겸손함은 자취를 감춘다. 당시의 대제사장들과 바리새파 사람들 그리고 율법학자들은 누릴 것을 다 누리며 사는 유대교 사회의 중심이었다. 그 중심의 보이지 않는 또 다른 중심은 신앙을 빙자한 이해관계였다. 대중들은 그 강고한 연대의 가면을 벗길 힘이 없었다. 거룩함의 의상을 걸친 이들에 대한 두려움 때문이었다. 그들은 이익과 권한은 자기들 쪽으로 잡아당겼고, 자기들의 정체를 폭로하는 이들은 불온분자 혹은 이단자의 누명을 씌워 밀어냈다.

그러나 예수는 달랐다. 거룩이라는 척도를 가지고 세상을 가르던 유대교 사회가 더럽다 하여 도외시하던 이들을 혼신의 힘으로 맞아들였다. 사람들이 겪는 상처와 아픔이 당신과 무관하지 않다고 여겼기 때문이다. 예수는 자기 외부가 없는 분이었다. 예수는 또한 사람들을 추종자로 만들지 않았다. 소수의 제자들과 동행하기는 했지만 그들을 어떤 형태로든 지배하려 하지 않았다. 그들 각자가 하나님의 마음이라는 중심에 접속한 주체가 되기를 바라셨을 뿐이다. 제자의 도리는 스승의 한계 안에 언제까지나 머무는 것이 아니다. 스승의 뜻을 계승하고 그 뜻을 살려내는 것이다.

오늘 한국교회의 현실은 어떠한가? 세리와 죄인의 친구라는 별명을 얻었던 예수님의 길을 걷고 있는가? 사랑으로 잡아당겨야 하는 이들은 밀어내고, 한사코 거부해야 할 특권과 이익은 자기 쪽으로 잡아당기고 있지는 않은가? 시인 박두진 선생은 「갈보리의 노래 2」에서 예수가 십자가에 못 박히고 창끝에 겨눠지며, 채찍질당하고 배반당하며 죽음에 이르는 상황 속에서도 어떻게 원수들을 사랑할 수 있었는지 의문을 던진다. 또한, 파도처럼 밀려오는 승리에 대한 욕망을 어떻게 내려놓을 수 있었는지 되묻는다. 예수는 지금도 이 척박한 현실 속에서 갈보리 언덕을 오르고 있다. 입 맞추어 배반하는 이들조차 포기하지 않는 사랑 때문에. 승리에의 욕망을 내려놓았기에 그는 기꺼이 자신을 세상을 위한 선물로 내줄 수 있었다. 가슴 벅찬 부활의 노래를 부르기 전, 십자가의 길 위에 서 있는지 스스로 돌아볼 일이다.

(2022.04.13.《국민일보》)

7.

이야기는 이야기를 부르고

—

　사람들이 사는 곳 어디에서나 이야기가 빚어진다. 이야기는 또 다른 이야기로 이어지고, 다양한 이야기들이 합류하여 새로운 이야기를 낳는다. 사람은 의식하든 의식하지 않든 어떤 이야기의 일부로 살아간다. 이야기 전체의 시종을 아는 사람은 없다. 인간은 각자에게 허락된 시간과 장소와 성격을 날실과 씨실로 삼아 다양한 삶의 무늬를 만든다. 그 무늬가 모인 것이 문화다. 세상에 무의미한 이야기는 없다. 사람들의 삶의 이야기가 다 비슷비슷한 것처럼 보여도 각 개인의 삶은 저마다 각별하다.

젊은 날에는 삶의 보편적 진실에 더 끌렸다면 지금은 개별적 삶의 이야기에 주목하게 된다. 그들이 감내하거나 극복해야 했던 신산스런 삶의 이야기를 듣고 있노라면 저절로 가슴이 저릿해온다. 가인의 후예인 우리는 에덴의 동쪽, 놋 땅 주민으로 살아간다. 안식 없는 삶을 견디며 우리는 삶의 의미를 묻고 또 묻는다. 누구나 잘 살고 싶어 하지만 '잘'이라는 부사에 담기는 의미는 제가끔 다르다. 흔히 사람들은 '잘 산다'는 말을 물질적 풍요나 바라는 바를 유보 없이 이룰 수 있는 능력으로 생각한다. 그러나 전혀 다른 방식으로 사는 이들도 있다.

산다는 것은 응답하는 것이다. 사람은 누군가의 요구에 응답하고 어떤 상황의 요구에 응답함을 통해 성숙해진다. 신앙생활이란 어려움에 처한 이들의 이웃이 되라는 요구에 응답하는 과정이다. 이웃들의 요구에 응답하기 위해서는 스스로 편안한 자리를 떠나야 한다. 익숙하고 친숙한 세계에만 머물 때 삶은 진부해진다. 떠남은 위태로움을 받아들이는 것인 동시에, 새로운 가능성에 자기를 개방하는 것이다.

몇 주째 미국으로 이주해 살고 있는 이들과 만나고 있

다. 언어도 문화도 피부색도 다른 이들 속에 섞여 살면서 겪은 애환이 적지 않았을 것이다. 기가 막힌 사연이 없는 사람이 없었다. 교회는 그곳에 이식된 고향이었다. 많은 이가 교회를 통해 위로받고 힘을 얻고 새로운 비전을 품었다. 비스듬히 기댄 채 세찬 바람을 함께 견디며 새싹을 내고 꽃을 피우는 숲의 나무들처럼 그들은 그렇게 코이노니아 공동체를 이루고 있었다.

버지니아 지역 목회자 모임에서 86세 되신 원로목사님 한 분을 만났다. 시종일관 모임에 능동적으로 동참하면서, 젊은 목회자들과 똑같이 찬양하고 기도하고 강의를 듣는 모습이 인상적이었다. 고국을 떠나온 지 60여 년, 그는 한동안 유일한 한국인 목사로서 미국 회중들을 섬겼다. 한국과의 모든 연결이 사라진 지역에서 보낸 그 긴 시간 동안 느꼈던 외로움 때문일까? 그는 어려움을 겪는 젊은 목회자들의 설 땅이 되어주고 있었고, 적절한 조언으로 후배들을 격려하고 있었다. 교회의 일치를 깨뜨리는 이들을 어떻게 대해야 하냐는 젊은 목사의 질문에 그는 정색을 하고 대답했다. "교회는 죄인들이 있어야 해요. 죄인이 없는 교회는 없어요. 그들이 들어와 치유되고 새로워질 수 있어야 해요." 불화를 일으키는 교인들을 처리해야 할 문젯거리로 보기 쉽지만 그들을 사랑과 관용의 마음으로 대할 때 전환의 가능성이 열린다는 뜻이라 짐작한다.

　뉴저지 어느 교회에서 말씀을 전하고 잠시 친교의 시간을 가질 때, 한 분이 다가와 눈물을 글썽거리며 감사의 인사를 건넸다. 그는 한국에서 교수 생활을 하다가 소명을 느껴 미국으로 건너와 신학을 공부한 후, 삶의 희망을 잃어버린 채 부유하고 있는 젊은이들을 품는 일에 헌신하고 있었다. 사람들이 거들떠보려 하지 않는 이들 속에 깃든 아름다움을 보았기 때문이었다. 그런데 꽤 많은 이가 그런 노력을 목회로 인정하려 하지 않았다. 번번이 좌절을 맛보다가 이번 집회를 통해 자기가 그릇된 길로 가고 있는 것이 아님을 비로소 확인할 수 있었노라고 말했다. 예수님도 점잖은 사람들로부터 '세리와 죄인의 친구'라는 타박을 들었다.

　점잖음은 때로 진실한 신앙의 걸림돌이 되기도 하는 법이다. 우리들의 삶의 이야기가 예수님이 시작하신 구원 이야기에 연결되어 공감과 이해, 환대와 수용, 경탄과 기쁨이 스며들 때 서름한 삶이 푼푼해지지 않을까?

（2022.05.11.《국민일보》）

8.

한계를 지닌 존재

—

마르틴 루터Martin Luther가 불을 붙인 종교개혁 기념일이 다가온다. 모든 생명은 탄생, 성장, 정체, 경직, 죽음의 과정을 거친다. 문명도 마찬가지다. 변화를 추동하는 역동성이 형식과 조화를 이룰 때 문명은 빛이 난다. 역동성이 형식을 압도할 때 혼란이 찾아오고, 형식이 역동성을 억누를 때 정체 상태가 발생한다. 종교가 권력에 맛 들이고 부를 축적할 때, 권력 욕망이 권위를 압도할 때 종교는 타락하기 마련이다. 하나의 소리가 압도적인 지배권을 행사할 때 다른 소리들은 잦아들고 세상은 경직된다. 권력은 위기에 빠질 때마다 폭력을 사용하라는 유혹에 즐겨 굴복한다.

종교적 진실의 핵심은 지배의 포기지만, 지배에 맛 들인 종교인들은 신자들을 수동적 객체로 전락시킴으로 그들의 영혼을 자기 의지에 복속시키려 한다. 자기 확신에 찬 말들이 범람하면서 진리 혹은 진실에 대한 조심스러운 접근을 방해한다.

루터는 권력으로 변한 종교의 위험을 누구보다 예민하게 자각한 사람이다. 그가 타락한 교회의 현실을 비판했을 때 사람들은 그를 가리켜 '주님의 포도밭을 허무는 멧돼지'라고 비난했다. 종교의 기능 가운데 하나가 사회 통합인데, 그가 분란을 일으켜 사회 통합을 오히려 깨뜨리고 있다는 것이었다. 그는 보름스에서 열린 제국 의회에 소환되었고 그곳에서 지금까지의 발언과 신학적 입장을 철회하라는 명령을 받았다. 거절할 경우 목숨을 부지하기 어려운 상황이었다. 며칠간의 말미를 달라고 청했던 그는 고심을 거듭한 끝에 마침내 의회 앞에 서서 자기 입장을 밝혔다.

"저의 양심은 하나님의 말씀에 사로잡혀 있습니다. 저는 아무것도 취소할 수 없고 하지도 않겠습니다. 왜냐하면 양심에 어긋난 행동을 한다는 것은 옳지 않을 뿐 아니라 안전하지도 않기 때문입니다. ('여기

제가 확고부동하게 서 있습니다. 저는 달리 어찌할 도리가
없습니다') 하나님이여, 이 몸을 도우소서. 아멘."

이런 선언을 함으로 루터는 생과 사의 경계에 서게 되
었다. 불려 나온 역사의 무대에서 바장이다가 어느덧 벼랑
끝에 선 것이었다. 그는 자신도 오류를 범할 수 있는 인간
에 불과하다는 사실을 잘 알았지만 진실 앞에서 등을 돌릴
수 없었다. 도종환 시인은 「삶의 무게」라는 시에서 각자가
감당할 수 있는 무게가 정해져 있음을 이야기한다. 의욕이
지나쳐 자기가 들 수 없는 무게를 들 수 있다고 과장해서
도 안 되고, 자기가 들어야 하는 무게를 자꾸 줄여가기만
해도 안 되고, 자기가 들어야 할 무게를 남에게 떠맡기기
만 해서도 안 된다는 것이다. 이것이 삶의 엄중함이다. 루
터는 그 엄중함을 받아들였다.

롤런드 베인턴Roland H. Bainton은 미국에서 공산주의자를
색출하는 맥카시 선풍이 불던 시기에 『마르틴 루터』라는
기념비적인 책을 썼다. 맥카시 선풍은 나는 옳고 너는 그
르다는 근본주의적 신념을 바탕으로 나타난 현상이다. 롤
런드는 그 책에서 루터가 그의 마음을 끈 것이 두 가지라
고 말한다. 하나는 루터가 이성과 양심의 이름으로 교회와

국가에 도전한 일이다. 다른 하나는 결단을 필요로 하는 순간에는 단호한 입장을 취하면서도, 경우에 따라 그 사안을 재검토함으로써 오류 가능성을 줄이려 했다는 것이다.

계몽된 정신의 특색은 자신이 인식과 행동에 있어 한계를 지닌 존재임을 인정하는 것이다. 머뭇거림은 약자의 특색이 아니라 무릇 진리를 탐구하려는 사람들의 기본적 태도가 되어야 한다. 조금의 회의도 허락하지 않는 절대적 확신은 위험하다. 자기 확신에 찬 사람들일수록 변화를 받아들이려 하지 않는다. 그들은 제동장치가 고장 난 열차처럼 위험하다. 새로움이 틈입할 여지가 없을 때 생명은 성장을 멈춘다. 폭력은 다름을 용납하지 못하는 경직성을 숙주로 하여 자란다. 다름을 용납한다는 것이 곧 자기 정체성의 약화를 의미하는 것은 아니다. 낯섦은 더 커지라는 부름이다.

한국교회를 바라보는 시선들이 차갑기 이를 데 없다. 전래 이후 민족사의 문제에 적극적으로 응답하면서 성장해온 교회는 지금 쇠퇴기를 맞이하고 있다. 사람들을 욕망의 방향으로 몰아대는 시대정신에 순응할 때 종교는 타락한다. 주류 담론을 해체하는 전복적 상상력을 작동시키지 않을 때 종교는 맛 잃은 소금과 다를 바 없다. 한국 개신교회는 지금 쇠락이라는 거대한 심연을 마주 보고 있다. 하지만 아직 끝은 아니다. 심연을 뚫고 솟아오를 빛을 잉태하는 이들이 있기 때문이다. 그 빛은 생명과 평화와 사랑 그리고 겸손과 포용을 모태로 삼아 탄생한다.

〈2022.10.29.《경향신문》〉

9.

남들과 구별되기를 바라는 마음

—

교회력의 마지막 주간을 보내고 있다. 마지막이라는 단어가 자아내는 느낌이 자못 쓸쓸하다. 뒤를 돌아보니 시간 위에 찍힌 발자국이 어지럽기만 하다. 기다림의 절기를 앞에 두고 지금은 잠시 숨을 고르고 지향을 바로 해야 할 때이다. 안일과 나태, 상실감과 회의는 선물처럼 다가오는 시간을 늦게 만든다. 변화를 거절하는 것이야말로 늙음의 징조다. 코헬렛은 해 아래 새것이 없다고 탄식했다. 그의 말은 유한한 것들에 사로잡히지 말라는 충고이지 역사허무주의를 드러내기 위한 것은 아니다. 우리는 새 하늘과 새 땅을 기다린다. 그런 현실의 구현이신 분을 기다린다.

진실한 기다림은 기다림의 대상이 오실 곳에 미리 가는 것이고, 그가 이루실 세상을 선취하는 것이다.

소비사회는 불만족과 불안을 창조함으로 번성한다. 불만족은 타자와의 비교 의식에서 발생한다. 남들과 구별되기를 바라는 마음을 품는 순간 안식은 허락되지 않는다. 잠시 숨을 돌리는 순간 경쟁자에게 추월당할지 모른다는 강박관념에 사로잡히기 때문이다. 경쟁을 내면화하고 사는 이들 사이에 갈등이 없을 수 없다. 평화로운 공존의 가능성이 줄어들면서 현실은 보이지 않는 전장으로 변한다.

1954년에 사회심리학자 무자퍼 셰리프Muzafer Sherif는 집단 갈등과 이기심이 어떻게 작동하는지 이해하기 위한 모의실험을 했다. 그는 열한 살짜리 백인 아이들 스물두 명을 선발했다. 그 아이들은 단 한 번도 만난 적이 없었다. 무자페르는 그 아이들을 무작위로 두 그룹으로 나눈 후 따로따로 오클라호마에 있는 여름 캠프에 데려갔다. 아이들은 다른 그룹이 있다는 사실을 몰랐다. 첫째 주에는 아이들 사이에 팀워크를 만드는 데 진력했다. 그들은 팀 이름을 깃발과 셔츠에 새겨 넣은 후 함께 걷기도 하고 수영도 했다. 둘째 주에는 두 팀을 대면시키고 여러 가지 상황을 부여해 경쟁심을 유도했다. 이긴 팀에게는 트로피, 메달, 상금을 줬다. 긴장감이 조성되었고 아이들은 다른 팀을 야유하는 노래를 부르거나 노골적으로 약을 올리기도 했다. 급기야는 상대 캠프를 급습하여 맞수의 깃발을 내려 불태우기도 했다. 그들은 급기야 같은 식당에서 식사하는 것도 거절했다. 셋째 주에는 분열된 그들을 통합하는 길을 모색했다. 화해를 위한 모임이 주선되고, 영화를 함께 보고, 불꽃놀이도 함께하도록 했다. 실험자들은 이런 노력을 통해 긴장을 완화하고 화해를 이끌어낼 수 있다고 기대했다. 하지만 그 실험은 실패로 끝났다. 아이들은 이내 이전의 갈등 속에 빠져들었다.

무자퍼는 새로운 실험에 착수했다. 캠프에 물을 공급하는 파이프를 막아버림으로 두 팀 모두를 위험에 빠뜨렸다. 문제가 발생하자 두 그룹은 문제 해결을 위해 협력하기 시작했다. 마침내 문제가 해결되자 아이들은 하이파이브를 하며 기뻐했다. 타고 다니는 버스가 진창에 빠지자 아이들은 너나없이 달려들어 차를 밀었다. 이 과정을 통해 두 팀은 서로에 대한 부정적 이미지를 버리게 되었다. 집으로 돌아가는 길에 승리한 팀 아이들은 상으로 받은 돈으로 음료수를 구입해 다른 팀 아이들에게 나눠주기도 했다. 그룹

상호 간의 적대감의 장벽을 허문 것은 공통의 문제를 해결하기 위해 협력했던 경험이었다.

　이것은 우리 사회에도 적용될 수 있다. 네 편 내 편을 가르고, 네가 옳으니 내가 옳으니 따지다 보면 갈등의 골은 깊어질 수밖에 없다. 하지만 우리를 위협하는 상황을 해결하기 위해 협력하다 보면 상대의 좋은 점을 발견하게 된다. 우리 사회의 갈등 수준이 심각한 지경에 이르렀다. 한반도의 평화가 위태롭다. 기후 붕괴의 현실이 인류의 생존을 위협하고 있다. 토라는 원수의 짐승이 길을 잃고 헤매는 것을 보면 반드시 임자에게 돌려주어야 하고, 짐에 눌려 쓰러지면 일으켜 세우기 위해 협력해야 한다고 말한다. 곤경에 처한 짐승을 돌보기 위해 협력하는 순간 적의가 누그러지고 화해의 가능성이 열린다. 무너진 다리는 이어야 하고, 장벽은 허물어야 한다.

(2022.11.23.《국민일보》)

10.

고단함, 억울함, 불안함

—

지금 우리의 현실

유사 이래 어렵지 않은 때가 없었지만 지금 우리가 직면하고 있는 현실은 정말 난감하다. 20세기 초중반에 있었던 양차 세계대전으로 인해 인간에 대한 낙관론이 무너졌다. 테오도어 아도르노Theodor W. Adorno는 "아우슈비츠 이후에도 시가 가능한가?"를 물었다. '시'의 자리에 '신학'을 대입해도 그 의미가 전혀 달라지지 않는다. 동구권의 해체로 냉전 시대가 끝났다고 생각했지만, 인류는 더 음험하고 막강한 적 앞에서 전전긍긍하고 있다. 신자유주의적 경제 질서는 모든 사람을 경쟁의 벌판으로 내몰았고, 돈은 모든 가치의 수렴점이 되었다. '유전무죄 무전유죄'라는 어느 탈옥수의 외침은 주술이 되어 우리를 확고하게 포박하고 있다.

　20세기 말부터 기후 위기라는 불편한 진실이 서서히 담론의 세계에 등장하기 시작하더니, 이제 기후 위기 문제가 세계를 집어삼키는 태풍이 되었다. 인류세Anthropocene라는 말이 더 이상 과민한 학자들의 비명이 아니라 현실일 수도 있다는 사실 앞에서 우리는 전율한다. 온실효과로 인해 축적된 에너지가 특정한 지역에 나타나 재해를 만들고 있고, 재해의 규모는 해마다 커져만 간다. 홍수와 가뭄, 혹한과 혹서, 대규모 허리케인과 폭풍, 대형 산불 등은 지구가 심각하게 병들었다는 사실을 보여주는 징표들이다. 산업혁명을 기준으로 하여 지구의 온도가 섭씨 1.5도 올라가면 지구는 티핑 포인트를 맺게 된다는 과학자들의 외침이 다급하기만 하다. 벌써 1.2도가 올라갔다 한다. '시간이 촉박하다'는 외침이 도처에서 터져 나오고 있지만 대다수의 사람들은 그 현실을 외면하려 한다.

　맥케이 감독의 〈돈 룩 업〉은 그러한 현실을 보여준다. 커다란 혜성 하나가 지구와 충돌하는 궤도에 들어섰다는 사실을 알아차린 천문학자가 책임 있는 이들에게 그 사실을 알리지만 누구도 그들의 이야기에 귀를 기울이려 하지 않는다. 정치인들은 자기들의 정치적 실익 계산에 여념이 없고 일반인들 역시 자기들의 일상을 뒤흔들 소식에 귀를 닫는다.

욕망이라는 전차에 올라탄 인류는 카산드라의 시간을 살고 있다. 소비주의라는 종교가 사람들의 영혼을 사로잡고 있다. 욕망의 확대 재생산을 통해 유지되는 자본주의는 끊임없이 희소성의 기호를 만들어내 사람들을 유혹한다. 욕망과 만족의 시차를 사람들은 견디지 못한다. 안간힘을 다해 얻은 행복의 기호를 손에 쥐는 순간 또 다른 결핍이 눈에 띈다. 행복은 유보되고 피곤한 일상만 남는다. 피로사회는 그렇게 도래한다.

작고한 경제학자 김기원은 《한겨레신문》 칼럼에서 우리 사회 구성원들을 사로잡고 있는 세 가지 기본 정서가 있다고 말한 바 있다. "고단함, 억울함, 불안함"이 그것이다. 고단함은 생산과정과 관련된 정서다. 교육을 통한 탈빈곤을 경험한 부모 세대는 자녀들에게 과잉 투자를 하기 위해 재화를 마련하려고 일하느라 늘 피곤하고, 어릴 때부터

수월성 교육에 내몰린 아이들은 선행학습을 하느라 놀지 못한다. 중고등학생들도 대학의 관문을 뚫기 위해 진력하고, 대학생들은 취업에 필요한 스펙을 쌓느라 삶의 의미에 관한 물음 앞에 서지 못한다. 타자들에 대해 눈을 돌릴 겨를이 없다. 삶은 개별화되고 연대의 능력은 쇠퇴한다.

억울함은 제1차 분배과정에서 경험하는 정서다. 부모 세대의 물질적 지원을 충분히 받지 못한 이들은 등록금과 생활비를 벌기 위해 아르바이트를 해야 하고, 그 때문에 좋은 학점을 받지 못하고 다양한 경험을 쌓을 기회조차 얻지 못한다. 그 결과 대학을 나오는 순간 정규직과 비정규직으로 갈리기 일쑤다. 둘 사이의 임금 격차는 크다. 억울하다는 느낌은 여기서 발생한다. 이런 현실 속에서 젊은이들은 원망과 선망 사이에서 서성이기 쉽다.

불안함은 제2차 분배과정에서 나타나는 정서다. 외환위기와 글로벌 금융위기를 겪으면서 젊은 세대들은 인류 역사상 최초로 부모보다 못한 삶을 살게 될지도 모른다는 불안감에 노출된 채 살고 있다. 실업, 질병, 노령 빈곤에 대한 불안함은 거의 모든 세대가 두루 경험하는 현실이다.

최근 몇 년 사이에 영화나 드라마에 자주 등장하는 좀비들은 현대인들의 거울상이다. 영혼은 없고 육신만 남은 존재들인 이들은 어쩌면 베버가 말하는 말인末人의 변형인지도 모르겠다. 베버는 영혼이 없는 전문가, 가슴이 없는 향락자야말로 인간이 도달하게 될 마지막 지점이라 말했다. 그들은 더 이상 의미에 대해 묻지도 않고 생각하지도 않는 공허한 인간이다. 잡아먹히지 않기 위해 다른 이들을 잡아먹는 것이 허용되는 세상이 바야흐로 도래하고 있는 것이다. 일상은 환대의 공간이 아니라 적대의 공간으로 변한 지 이미 오래다.

종교의 퇴락

'마루 종宗'과 '가르침 교教' 자가 결합된 종교는 으뜸가는 가르침이다. '으뜸'은 기본 혹은 근본을 가리키니 종교는 삶의 근본을 가르치는 것을 본령으로 한다. 종교를 뜻하는 영어 단어 'religion'은 '다시 연결하다'는 뜻의 라틴어 'religare'에서 유래한 것이다. 종교는 영원과 시간, 거룩한 것과 속된 것을 연결해 삶을 총체적으로 볼 수 있는 눈을 제공할 수 있어야 한다. 모든 가치가 '돈'으로 환원되고, 사람들의 삶이 철저히 개별화되고 있는 지금이야말로 종교가 제 역할을 해야 할 때다. 필요와 충족, 욕망과 쾌락의 순환 논리에 빠져 사는 이들에게 삶의 다차원성과 깊이를 제시해야 한다는 말이다.

유대인 철학자 아브라함 조슈아 헤셸Abraham Joshua Heschel은 인간이 된다는 것은 "자신보다 더 큰 술어로 자신을 이해하려는 노력"(『누가 사람이냐』)이라고 말했다. 더 큰 세계와의 접속을 잃어버릴 때 삶은 욕망의 투기장이 된다. 욕망에 포박된 이들은 어쩌면 인생에서 가장 중요한 능력을 상실한다. 그것은 경탄의 능력과 아름다움을 향유하는 능력이다. 장엄함과 숭고함의 세계를 잃어버릴 때 삶은 납작해진다.

종교는 다른 삶이 가능하다는 사실을 끊임없이 상기시킨다. 애굽에서 강제 노역에 시달리던 히브리인들은 야훼하나님과의 만남을 통해 새로운 세상을 꿈꾸기 시작했다. 지배와 피지배의 관계가 해체된 세상, 억압과 착취가 사라진 세상을 그들은 '젖과 꿀이 흐르는 땅'이라는 말로 이미지화했다. 종교는 기존 질서가 만들어놓은 '당연의 세계'에 의문 부호를 붙인다. 그런 의미에서 전복적이다. 관습적 사고에 젖어 사는 이들의 일상을 뒤흔들어 새로운 세상을 꿈꾸게 하는 것, 바로 그것이 참된 종교가 하는 일이다.

바벨론에 의해 포로로 잡혀가 유프라테스강과 티그리스강이 범람하는 지역에서 힘겨운 생존을 이어가야 했던 이스라엘 사람들은, 오직 왕만이 신의 아들이라고 믿는 제국의 한복판에서 모든 인간이 신의 형상을 따라 지어졌다고 말함으로써 모든 인간의 보편적 존엄성을 선언했다. 인간은 신들의 노역을 덜어주기 위해 종으로 지음받은 것이 아니라, 신의 일에 창조적으로 동참할 것을 요구받은 존재라는 것이었다.

전쟁이 빈발하던 시기에 예언자들은 나라마다 칼을 쳐서 보습을 만들고 창을 쳐서 낫을 만들고, 나라와 나라가 칼을 들고 서로를 치지 않고, 군사훈련도 하지 않는 세상을 꿈꾸었다(이사야 2:4, 미가 4:3). 어처구니없는 꿈처럼 보이지만 그런 꿈조차 없다면 사람들은 폭력의 현실 앞에서 질식하고 말았을 것이다.

예수는 삶으로 로마의 평화Pax Romana의 민낯을 드러냈다. 로마의 평화는 피지배자들의 희생과 눈물, 강요된 침묵 속에서 얻어진 강자들만의 평화였다. 압도적인 무력으로만 지킬 수 있는 평화였던 것이다. 예수는 그 질서를 전복했다. "뭇 민족들의 왕들은 백성들 위에 군림한다. 그리고 백성들에게 권세를 부리는 자들은 은인으로 행세한다. 그러나 너희는 그렇지 않다. 너희 가운데서 가장 큰사람은 가장 어린 사람과 같이 되어야 하고, 또 다스리는 사람은 섬기는 사람과 같이 되어야 한다"(누가 22:25~26). 백향목처럼 우뚝한 사람들이 다른 사람들 위에 군림하는 세상이 아니라, 겨자풀처럼 보잘것없어 보이는 이들이 어깨를 겯고 함께 비바람을 견디면서 누군가의 품이 되어주는 세상의 꿈이야말로 예수가 꿈꾸었던 하나님 나라이다.

어느 때부터인가 '공정'이라는 화두가 젊은이들의 의식을 지배하기 시작했다. 무임승차를 죄악시하는 풍조가 만연하면서 배려와 기다림의 미덕이 사라졌다. 양 아흔아홉 마리를 산에 놓아둔 채 길을 잃어버린 양 한 마리를 찾아 나서는 목자 이야기는 비효율적인 낭비처럼 보이고, 포도원에 고용되어 아침부터 일을 한 사람과 늦은 오후에 들어와 겨우 한 시간 일한 사람에게 동일한 임금을 지불했다는 포도원 일꾼의 비유는 불공정하다는 인상을 준다. 불안이 영속화되면서 공감의 능력이 쇠퇴하고 있음을 보여주는 징표이다. 기존 질서가 만들어놓은 삶의 문법에 순응하는 이들은 다른 삶의 가능성을 열지 못한다. 그 문법이 만들어놓은 정상성에서 벗어나는 순간 영원한 루저로 전락할지도 모른다는 공포 때문이다. 위계사회가 만들어놓은 질서 속에서 숨 막혀 하면서도 위계의 사다리에서 벗어나지 못한다. 자본의 지배는 이렇게 확고해진다.

진정한 영성

다시금 '인간이란 무엇인가?'라는 근본적 질문 앞에 서야 할 때다. 이 질문에 대한 대답이 삶에 대한 태도를 결정하기 때문이다. '인간은 만물의 척도'라는 프로타고라스의 진술이나 '인간은 만물의 영장'이라는 서구적 주체의 자부심은 이미 해체되고 있다. AI가 산업혁명 이후 인간을 사로잡고 있는 효율성이라는 기준에 가장 부합한 존재로 등장하고 있고 챗봇은 명령에 따라 각 분야의 학술 논문은 물론이고 소설과 시 등 문학 장르, 연애편지나 추도문까지 쓰는 세상이다. 2017년 노벨문학상 수상작가인 가즈오 이시구로는 『클라라와 태양』이라는 소설에서 사람의 충동과 욕구에도 포괄적으로 접속할 수 있는 AI의 세계를 그리면서 사람을 특별하고 개별적으로 만드는 인간의 마음이라는 게 있는지를 묻고 있다. 포스트휴먼 시대에 인간답다는 건 과연 어떤 걸까? 미래학자인 제러미 리프킨Jeremy Rifkin은 『회복력 시대The Age of Resilience』에서 우리를 인간답게 하는 것이 공감과 애착이라고 말한다. 그는 타인의 고통과 괴로움, 심지어 기쁨까지도 마치 자신의 감정처럼 경험할 때, 신경 회로 깊은 곳에서 공감 충동이 발산된다고 설명한다. 이 공감은 타인의 취약성과 그들이 유일무이한 삶을 살아가기 위해 애쓰는 모습을 이해하는 감정적·인지적 인식이다. 또한, 인간의 감정적 연대는 우리가 필멸의 존재라는 공통된 현실을 짊어지며 서로를 지지하는 깊은 표현이기도 하다. 결국 연민은 타인에게 다가가 "우리는 모두 함께하는 동료 여행자"라고 전하는 우리만의 방식이라 할 수 있다.

필멸하는 존재자들에 대한 연민의 마음이야말로 인간다움의 증거라는 것이다. 낙원이나 유토피아에는 연민의 여지가 없다. 그곳은 모든 것이 완벽한 세계이기 때문이다. 포스트휴먼 시대는 인간에 대한 연민을 넘어 세상에 존재하는 "모든 생물체에 대한 공감적 포용을 의미하는 생명애 의식은 단순히 권장 사항이나 희망 사항이 아니다." 세상의 모든 생명은 서로 연결되어 있다. 정현종 선생은 "한 숟가락 흙 속에/미생물이 1억5천만 마리래!/왜 아니겠는가. 흙 한 술,/삼천대천세계가 거기인 것을!"이라고 노래했다. 시인은 우리가 흙길을 걸을 때 발바닥으로 전해오는 그 탄력은 수십 억 마리 미생물들이 밀어올리는 힘임을 알아차리고 경탄한다. 유행어처럼 통용되는 영성이란 특별한 종교의 전유물이 아니다. 세상에 존재하는 모든 것들이 하나의 기적이라는 사실을 알아차리는 것, 그렇기에 세상에 존재하는 어떤 것도 함부로 대하지 않는 것이야말로 진정한 영성이 아닐까.

반딧불이의 희망

그러나 이러한 속삭임은 거대한 욕망의 파도 소리에 묻혀 사람들의 귀에 들리지 않는다. 어쩌다 들린다 해도 삶의 방향을 바꿀 생각을 품지 않는다. 멈추는 순간 도태될지도 모른다는 두려움이 우리 마음을 확고하게 사로잡고 있기 때문이다. 그렇기에 필요한 것은 눈 뜬 이들의 연대다. 터키의 노벨문학상 수상 작가인 오르한 파묵Orhan Pamuk은 자기는 바늘로 우물을 파듯 인내심을 가지고 소설을 쓴다고 말했다. 새로운 세상은 저절로 오지 않는다. 루쉰의 말처럼 길이란 처음부터 있는 것이 아니고 많은 이가 걸음으로 생기는 것이다.

버나드 브랜든 스캇Bernard Brandon Scott은『예수의 비유 새로 듣기The Parables of Jesus』라는 책에서 예수가 들려준 하나님 나라 비유를 새롭게 풀어 설명한다. 그는 이 책의 부제를 "세상 다시 상상하기"라고 붙였다. 예수는 '거룩의 정치학'을 통해 사람들을 갈라놓던 유대교의 사회적 세계의 폭력성을 드러내는 한편 사람들이 서로를 연민의 마음으로 포용하는 '자비의 정치학'을 제시했다. 거룩의 정치학은 세상을 거룩함과 속됨, 정결과 부정, 의인과 죄인, 유대인과 이방인, 남자와 여자를 나눈다. 나눔을 통해 배제와 혐오의 대상을 지정한다. 하지만 자비의 정치학은 누릴 것을 다 누리고 사는 이들에 의해 배제된 이들을 포용하고 그들의 존엄성을 되찾아주기 위해 노력한다. 자비야말로 욕망에 의해 조각난 세상을 이어주는 끈이다.

이야기를 마치며 미국의 과학 전문기자 룰루 밀러Lulu Miller가 쓴『물고기는 존재하지 않는다Why Fish Don't Exist』라는 책에 나오는 한 에피소드를 소개하고 싶다. 진화론에서 비롯된 우생학에 열광하는 이들은 빈민들과 술꾼, 백치들과 장애인 등을 사회의 '부적합자'로 여겨 제거하려 했다. 여성들의 경우 1970년대까지도 자기 의사와 무관하게 불임화 수술을 당한 이들이 많았다. 애나도 그중의 하나다. 그의 부모는 가난했고 애나의 지능은 낮았다. 그런 이들을 가뒀던 수용소에서 지내는 동안 애나는 어린아이들을 잘 돌보았음에도 불구하고 아이를 키울 능력이 없다 하여 불임화 수술을 당했다. 그런데도 애나는 수용소에 들어온 어린 메리를 잘 돌봤고, 둘은 노년에 이를 때까지도 서로 의지하며 의좋게 살았다. 밀러는 학대에 시달리고 강간 당하고 지적장애자 취급을 받고 턱뼈가 부러질 정도의 폭력을 경험하고 마침내 불임화 수술까지 당한 애나의 이야기를 듣고 불쑥 이런 질문을 던졌다. "어떻게 계속 살아가시는 거예요?" 애나가 답을 찾지 못하고 있을 때 메리가 불쑥 끼어들어 말했다. "나 때문이지!"

농담처럼 던진 말이었지만 메리의 그 말 속에서 두 여인 사이를 연결하는 보이지 않는 선을 볼 수 있었다. 서로를 돌보고, 슬픔을 가볍게 쫓아버리고, 농담을 받아주고, 분위기를 밝게 유지하기 위해 애쓰는 것, 절망의 심연으로 가라앉지 않도록 서로를 띄워주는 사람들의 그물망이야말로 이 위험한 시대를 견디도록 하는 힘이 아닐까? 관계 속에서 상호작용을 하고, 서로에 대해 책임지는 삶을 살고, 그 과정 가운데 기쁨을 누리는 것이야말로 좋은 삶의 비결이 아닐까? 사소해 보이는 이런 이야기가 소중한 것은 희망이란 이렇게 작은 실천으로부터 역사 속에 유입되기 때문이다. 반딧불이 하나는 어두운 세상을 밝히지 못한다. 그러나 반딧불이들이 모여 함께 깜빡이면 돌연 어두운 세상은 생명의 축제가 벌어지는 장소로 변한다. 일순간에 세상을 환히 비추는 빛이 아니라 해도, 각자 삶의 자리에서 빛을 밝힐 때 세상이 조금은 밝아지지 않을까?

지금은 전환의 시대다. 전환의 시대는 기존의 중심을 해체하고 새로운 중심을 구성해야 한다. 에고ego 중심의 세상에서 에코ecology 중심의 세상으로, 탐진치 삼독이 제도화된 탐욕greed의 세상을 넘어 생명이 중심이 되는 녹색 세상green으로, 적대hostility의 세상에서 환대hospitality의 세상으로, 고립solitary의 세상에서 연대solidarity의 세상으로 이행하는 것이야말로 이 시대의 가장 큰 과제다.

(2023.01.28. Mind-lab 창립총회 기조 발제문)

11.
지배자 중심의 사고

—

　"노인들이라고 해서 너무 얕보지 말고 잘못한 사람은 따로 있는데 우리나라에서 동냥해서 (주는 것처럼) 그런 식으로 하면 사람이 아니지." 94세인 양금덕 할머니의 담담하지만 단호한 선언이다. 미쓰비시 중공업으로 강제 동원돼 17개월 동안 일하고 한푼도 받지 못한 것은 물론이고, 이후에 종군 위안부가 아니었냐는 의혹의 눈길 속에서 평생을 살아온 이의 말이기에 심상하게 들을 수 없다. 정부는 한일관계의 미래를 위해 제삼자 변제를 통해 강제동원 배상 문제를 풀겠다고 말했다. 당사자들은 그런 돈이라면 한푼도 받지 않겠다고 말한다. 그분들에게 중요한 것은 몇 푼의 돈이 아니라 과거사에 대한 일본의 인정과 사죄다.

피해자들의 아픔은 세월이 지났다고 하여 수그러들지 않는다. 엄연히 있었던 사건 자체를 부정하거나 무화시키려는 이들로 인해 그들의 아픔은 더욱 생생해지고 있다. 존재를 부정당하고 있다는 사실만 해도 기가 막힌데, 그들의 편이 되어주어야 할 정부가 오히려 그들을 역사 발전의 장애물로 여기고 있는 것 같기에 더욱 서럽다. 이러한 역사 인식은 부당할 뿐 아니라 위험하기 이를 데 없다. 썩은 토대 위에 새로운 집을 지을 수는 없는 법이다. 과거는 무질러버린다고 하여 사라지지 않는다. 베트남 전쟁에 동원되었던 어떤 분은 자신을 나름대로 이성적이고 진보적이라고 생각하며 살아왔는데, 그들을 가리켜 '더러운 전쟁'에 동원된 용병이라고 말하는 이들을 보면 살의가 느껴진다고 고백했다. 자기들의 존재 그 자체가 부정당하는 것 같다는 말일 것이다.

성경은 위대한 인물들의 부끄러운 모습을 감추지 않는다. 사람들이 믿음의 본으로 인정하는 이들의 허물과 잘못을 적나라하게 드러낸다. 이스라엘 사람들이 믿음의 조상으로 여기는 아브라함은 어여쁜 아내 때문에 생긴 위험에

145

서 벗어나려고 아내를 누이라고 속였다. 출애굽 사건의 주역 모세는 격분에 못 이겨 애굽 사람을 때려죽였다. 다윗 임금은 충실한 부하의 아내를 겁탈한 후 사실이 드러날까 두려워 그 부하를 사지에 몰아넣었다. 예수의 가장 가까운 제자 베드로는 두려움에 사로잡힌 나머지 세 번씩이나 스승을 모른다고 부인했다. 성경은 어떤 인간도 이상화하지 않는다. 자기 속에 있는 한계와 모순을 자각하는 이들은 다른 사람들을 함부로 정죄하거나 배제할 수 없다.

창녀에게서 태어난 길르앗 사람 입다는 본처의 자식들에게 쫓겨나 세상을 떠도는 신세가 되었다. 쫓겨난다는 것, 그것은 설 땅을 잃었다는 것이고 또한 취약해졌다는 뜻이다. 그의 주변으로 동류의 사람들이 몰려와서 큰 세력을 형성하게 되었다. 어느 날 암몬 족속이 쳐들어오자 길르앗 장로들은 입다에게 사람을 보내 자기들의 지휘관이 되어 달라고 부탁한다. 입다는 울분을 속으로 삼킨 채 그들의 요구에 응해 암몬과의 싸움에 나선다. 승패를 장담할 수 없는 상황에서 그는 신 앞에 서원을 한다. 승리를 거두게 도와주신다면, 자기 집 문에서 맨 먼저 맞으러 나오는 사람을 제물로 바치겠다는 것이었다. 입다는 그 전쟁에서 대승을 거두었고 기쁜 마음으로 귀향했다. 그런데 그를 맞이하기 위해 누구보다 먼저 달려 나온 이는 외동딸이었다. 가슴이 무너져 망연한 표정을 짓고 있는 아버지를 보며 딸은 상황을 알아차렸다. 그리고는 아버지에게 두 달만 말미로 달라고 청한다. 처녀로 죽는 몸, 친구들과 함께 산으로 가서 실컷 울고 싶다는 것이었다. 성경은 그 사건의 결말을 생략하는 대신 이스라엘 여인들이 매년 산으로 들어가 희생된 여인을 애도하며 나흘 동안 슬피 우는 관습이 생겼다고 전한다. 이 관습은 억울하게 죽어간 이에 대한 기억을 상기시키는 동시에 다시는 그런 폭력적 사태가 반복되어서는 안 된다는 사실을 암시한다.

발터 벤야민Walter Benjamin은 「역사철학 테제」라는 글에서 승리자의 마음에 빙의된 사람들의 폭력성을 지적한다. 그는 지배자 중심의 사고는 억눌린 자들을 양산하기 마련이라면서, 역사 속에서 '비상사태'가 예외적인 일이 아니라 상례가 된 까닭은 그 때문이라고 말한다. 억울한 이들의 소리에 귀를 기울이고 그들의 원한을 풀어주는 일이야말로 진정한 희망의 뿌리다. 억울하게 희생된 이들이 꿈꾸었지만 실현하지 못했던 일들을 이루는 것이야말로 그들을 역사 속에 정초하는 일이다. 청산되어야 할 과거를 묻어버린다고 하여 과거의 악행이 사라지지 않는다. 신원되지 않은 한은 거듭거듭 현재 속에 모습을 드러내기 마련이다. 민담에 자주 등장하는 원혼들의 이야기는 바로 그런 진실을 암시한다. 역사의 봄은 요원하기만 하다.

(2023.03.18.《경향신문》)

/2.

납작한 정신

—

공이 튀어 오르듯 가뿐하게 달려가는 아이들을 볼 때마다 '생명 덩어리들!'이란 말이 절로 나온다. 저 가벼운 탄력성을 어느 결에 잃어버린 자의 시샘이다. 시샘이지만 마음에 그림자가 남지는 않는다. 잃어버린 낙원을 그리워하듯 막연히 기뻐할 뿐이다. 가끔 즐거운 일을 만날 때도 있지만 마치 추처럼 마음을 아래로 끌어내리는 것들이 있다. 멜랑콜리라 해도 좋고 무거운 마음이라 해도 좋을 것이다. 옛 지혜자는 "만물이 다 지쳐 있음을 사람이 말로 다 나타낼 수 없다. 눈은 보아도 만족하지 않으며 귀는 들어도 차지 않는다"고 말한다. 부정할 수 없는 진실이다.

시비곡직을 가리는 말들로 인해 세상이 소란스럽다. 사람 사이를 횡단하는 말들은 집을 잃은 지 이미 오래다. 말은 사람과 사람 사이를 이어주지 못하고 액면 그대로의 진실을 담보하지도 못한다. 말들이 누군가의 이해관계에 복무하고 있기 때문이다. 소설가 이청준 선생의 말대로 바야흐로 말의 복수가 시작된 시대가 도래한 것이다. 사유할 능력이 없을 때 사람들은 판단의 언어를 사용하기 시작한다. 어느 편인지, 입장이 뭔지 밝히라는 다그침은 삶의 미묘한 지점을 사유하지 못하게 만든다. 그리스인들의 지혜인 에포케epoché를 배워야 할 때가 아닌가 싶다. 통념에 괄호를 칠 때 세상은 사뭇 다른 모습으로 다가오니 말이다. 허먼 멜빌의 소설 주인공인 필경사 바틀비의 말이 입가에 맴돈다. "하지 않는 편을 택하겠습니다." 무기력한 듯 보이지만 그는 행위를 거절함으로 시스템의 가면을 찢는다.

울울한 마음을 달래며 길을 걷는데, 손에 검은 비닐 봉투를 든 아이 하나가 뭐가 그리 좋은지 팔랑팔랑 걷고 있는 게 보였다. 아이스크림이라도 사 가는 것일까? 조금 걷던 아이가 건물의 모퉁이에 쪼그리고 앉아 뭔가를 유심히 보고 있다. 노란색 민들레였다. 놀라울 것도 없는 일상의 풍경이지만 아이는 마치 기적을 보고 있는 것처럼 그 자

리를 떠날 생각이 없어 보였다. 시간을 잊은 것 같았다. 해
찰하는 그 아이를 부러운 시선으로 바라보았다. 뭔가를 유
심히 본 적이 언제였던가. 예수는 일상의 근심에 사로잡힌
채 살고 있는 이들에게 "공중의 새를 보아라", "들의 백합
화가 어떻게 자라는가 살펴보아라"라고 권했다. 유심히 바
라봄이야말로 불안과 두려움으로 우리를 길들이는 시간의
횡포로부터 벗어나는 길이 아닐까?

　윤석중 선생님의 「넉 점 반」이 떠올랐다. 아기는 엄마
심부름으로 가겟집에 가서 '시방 몇 시냐'고 묻는다. '넉 점
반이다.' 아기는 '넉 점 반 넉 점 반' 되뇌며 집에 가다가 물
먹는 닭을 한참 서서 구경하고, '넉 점 반 넉 점 반' 하고 가
다가 개미 거둥도 구경하고, '넉 점 반 넉 점 반' 하고 걷다
가 마침 한들거리며 나는 잠자리를 따라 한참 돌아다니고,
길가에 피어난 분꽃을 입에 따물고 니나니 나니나 놀다
가 해가 져서야 집에 돌아가서는 엄마에게 해맑게 말한다.
"엄마 시방 넉 점 반이래." 아기는 시간에 쫓기지 않는다.
시간을 타고 논다. '넉 점 반의 시간'을 잃어버려 우리는 늘
분주하다. 분주하기에 가장 소중한 것을 잊고 산다. 우리
삶이 기적이고 선물이라는 사실 말이다.

이 광막하기 이를 데 없는 우주에서 내가 없지 않고 있다는 사실처럼 놀라운 기적이 또 어디에 있을까? 날마다 직면하는 잔다란 일들을 처리하느라 버둥거리는 동안 우리는 더 큰 세계를 망각한 채 살고 있는 것은 아닌지. 어느 랍비는 우리가 기적들 사이를 앞 못 보는 사람처럼 무심히 걷고 있는 것은 아닌지 돌아보라고 권한다. 장엄한 세계, 숭고한 세계와 만나지 못할 때 우리 정신은 납작해진다. 삶이 무겁다고 느끼는 것은 어쩌면 경외심의 부재 혹은 결핍의 당연한 결과인지도 모르겠다. 해찰하며 살면 안 되나?

속도의 강박에서 벗어나는 순간 익숙하지만 잊고 있었던 세계가 말을 걸기 시작한다. 물결을 어루만지는 햇빛의 반짝임, 푸른 하늘을 배경으로 다양한 그림을 그리는 구름, 잊고 있던 무한의 세계를 떠올리게 하는 별빛, 흘러가며 사람들의 온갖 삶의 이야기를 아우르는 강물, 다양한 식물과 동물 세계들, 그리고 저마다 세상의 중심인 사람들. 그 목소리에 귀를 기울일 때 돌연 세상을 감싸고 있는 따뜻함을 느끼기 마련이다.

《월간에세이》5월호)

13.

권태와 무력감으로
물들여진 일상

—

    일상은 나른하고 권태롭다. 날마다 반복되는 일을 즐기기란 여간 어려운 게 아니다. 순환하는 시간은 우리 삶이 모호함 속으로 흘러가지 않도록 지켜주는 거멀못이지만 동시에 새로움을 향해 나아가지 못하게 붙들기도 한다. 삶의 불안정함에 지친 이들에게 순환하는 시간은 고향과 같지만, 삶이 너무 평온한 이들에게는 족쇄처럼 느껴지기도 한다. 많은 이가 일상으로부터의 탈출을 꿈꾼다. 부질없는 꿈으로 그칠 때가 많지만 그 꿈 자체가 일상을 견디는 힘이 되기도 한다.

무료한 일상에서 잠시 벗어난 여행지에서 내가 빼놓지 않는 것은 미술관 순례다. 펜실베이니아의 채즈 포드에 있는 브랜디와인 리버 미술관에서 앤드루 와이어스Andrew Wyeth의 그림과 만났다. 전시된 그림과 화보를 보다가 그림 한 점이 내 눈길을 잡아챘다. 〈짓밟힌 잡초〉. 무거운 중력에 시달리듯 천천히 풀밭 위를 걷는 사람이 있다. 보이는 것이라고는 그의 하반신뿐이다. 시점은 아래에서 위를 바라보는 것 같은데 인물의 상체는 보이지 않는다. 극단적인 외로움이 느껴진다. 녹색을 다 잃고 누렇게 변한 풀과 단색 톤에 가까운 색채가 늦가을쯤임을 알려준다. 두터운 옷과 부츠 또한 같은 사실을 가리킨다. 조금 들린 왼발 뒤꿈치는 그가 앞으로 이동하고 있음을 보여준다. 무거움이 절로 느껴지는 걸음걸이다. 이 그림을 그릴 때 앤드루 와이어스는 죽음의 문턱까지 갔다가 돌아왔다고 한다. 그는 죽음의 세계에서 무거운 발걸음으로 생명 세계를 향해 돌아오고 있는 자신을 표현하고 싶었던 것일까?

그런 경험 때문인지 그는 자기가 살던 마을의 낡은 건물과 거기서 살아가는 이들의 모습을 애잔하게 드러내곤 했다. 그의 정서와 세계관을 형성하는 데 어느 정도 영향을 미쳤을 장소들을 직수굿하게 바라보며 마치 시간을 기록하듯 그것을 화폭에 담았다. 허름한 집들, 뒤척이는 풀잎, 벽에 기댄 채 쉬고 있는 자전거, 가지가 부러진 나무들, 바람과 햇빛 그리고 고독까지. 그는 단순한 관찰자가 아니라 풍경의 일부로 녹아들어 있다. 그의 그림 속에 등장하는 이들은 대개 뒷모습이거나 나무에 기대거나 풀밭에 누워 느긋한 오수를 즐기고 있다. 화가는 관조적 시선으로 그들을 바라본다. 인물들은 도무지 감정을 드러내지 않는다. 개들조차 짖지 않는다. 도시의 분잡 속에서는 느낄 수 없는 정적인 평화가 거기에 있다. 화가는 시간 속에서 스러져가는 것들 속에 깃든 영원성을 본다.

그의 그림 중 많은 이에게 알려진 〈크리스티나의 세계〉는 삶을 긍정하는 그의 따뜻한 시선이 오롯이 드러난다. 화면을 가득 채우고 있는 풀밭의 맨 위쪽에 몇 채의 집들이 보인다. 풀밭 사이로 마치 바퀴 자국인 듯 보이는 선이 사선으로 흐르고 있다. 풀밭에 비스듬히 엎드린 채 그 집을 바라보는 한 여인의 뒷모습이 보인다. 바람 때문인지 머리카락이 흩어져 있지만 화사한 분홍색 원피스를 입고 있다. 풀밭을 딛고 있는 두 팔은 바짝 말라 있다. 여인의 두 팔은 앞으로 내딛는 발처럼 보인다. 말라 있는 팔에 비해 거칠고 투박해 보이는 손은 여인의 처지를 잘 보여주고 있다. 작품의 모델인 크리스티나는 하반신이 마비된 채 살아가는 사람이었다고 한다. 휠체어에 의지하기보다는 천천히 자기 속도대로 두 팔로 기어다니는 것을 더 좋아했다. 삶에의 의지가 강렬하다. 자기에게 주어진 가혹한 운명과 언제 화해를 했는지는 모르겠지만 크리스티나는 불운처럼 보이는 현실에 굴복하지 않았다. 화사한 원피스는 운명에 굴복하지 않겠다는 따뜻하고 옹골찬 의지를 여실히 보여준다.

저마다 지고 가는 삶의 무게가 무겁다고 아우성을 친다. 권태와 무력감은 우리 일상을 무채색으로 물들여 시간 속에 깃든 영원을 보지 못하게 만든다. 물론 세상의 모든 것들은 쇠락하기 마련이지만 그것을 비애로 받아들일 이유는 없다. 일상적이고 평범한 것들을 부당하게 무시하면서 다른 삶을 갈망하는 것은 약자의 버릇이다. 시인 구상은 영혼의 눈을 가리고 있던 무지의 장막이 걷히면서, 자신을 둘러싼 모든 존재가 하나의 메시지임을 깨닫게 된다고 표현했다. 기적은 따로 있는 것이 아니라 눈을 뜬 이에게 나타나는 현실이다. 일상 속에서 삶의 신비를 볼, 눈을 뜬 사람은 지긋지긋한 욕망의 노예살이에서 해방되는 기쁨을 맛보기 마련이다.

(《월간에세이》5월호)

14.

지나침과 모자람 사이

—

"이상한 존재는 많지만, 인간보다 더 이상한 존재는 아무것도 없다." 소포클레스의 『안티고네』에 나오는 말이다. '이상한'이라고 번역된 그리스어 데이논deinon은 이상하다는 뜻 외에도 '무서운', '경이로운' 등의 의미로 쓰인다. 평온할 때는 괜찮지만 문득 불안감에 사로잡히거나 갈등 상황에 직면할 때면 인간은 자신을 하나의 문제로 인식한다. 문제에 대한 답을 찾아가는 과정을 통해 인간은 자기 정체성을 구성한다. 타자의 존재는 우리 정체성을 구성하는 데 매우 큰 역할을 한다. 타자의 요구에 어떻게 응답하느냐에 따라 우리 인간됨이 결정된다 해도 과언이 아니다.

좋은 사람이 되어야 한다는 강박관념이 우리를 괴롭힐 때도 있다. 30대 중반의 초등학교 교사 한 분이 자기가 겪고 있는 정체성의 혼란을 토로하며 내게 조언을 구해왔다. 그는 스스로 힘겨운 성장 과정을 경험했기 때문에 학생들 하나하나를 차별 없이 따뜻하게 대하려고 노력했다. 받아들여짐의 경험이 누군가에게는 고향을 선사하는 일임을 알았기 때문이다. 그러나 선의가 늘 선의로 수용되지는 않는 법이다. 일부 학부모들의 과도한 요구와 무례한 태도는 그를 지치게 만들었다. 좋은 교사가 되고 싶은 꿈과 현실 사이의 간극이 컸던 것이다.

내색하지는 않았지만 그의 영혼은 회복력을 잃어가고 있었다. 눈물을 글썽이는 그에게 이야기 하나를 들려주었다. 마을로 통하는 길목에서 사람들을 괴롭히는 뱀이 있었다. 어찌나 사나운지 사람들은 그 길로 다닐 수가 없었다. 어느 날 사람들은 성인으로 소문난 수도자를 찾아가서 뱀을 타일러 달라고 부탁했다. 뱀은 수도자와 만난 후 변화되었다. 혀를 날름거리며 사람들을 위협하지도 않았고 물지도 않았다. 뱀이 자기들을 공격하지 않는다는 사실을 알게 된 마을 악동들은 처음에는 쭈뼛거렸지만 슬금슬금 뱀에게 돌을 던지기도 하고 막대기로 때리기도 했다. 뱀은 견디다 못해 수도자를 찾아가 자기 괴로움을 하소연했다. "수도자님의 말씀대로 했다가 내가 이렇게 괴롭힘을 당하고 있습니다." 그때 수도자가 말했다. "나는 물지 말라고 했지 쉭쉭거리는 소리조차 내지 말라고 한 적이 없다." 이 이야기는 사람들을 선의로 대해야 하지만, 무례하고 난폭한 사람들이 함부로 대해도 괜찮은 만만한 사람이어서는 안 된다는 뜻을 담고 있다.

더 이상 견딜 수 없는 상황에서도 여전히 좋은 사람처럼 처신하는 것은 오히려 자기 삶을 지탱하고 있는 기둥을 갉아먹는 일인지도 모른다. 아리스토텔레스는 과도함이나 부족함은 악덕의 특색이라 말했다. 치우치거나 기울지 않고, 지나치거나 미치지 못함이 없는 상태가 중용이다. 미치지 못함보다 더 위험한 것이 지나침이다. 과유불급이다. 경계하며 삼가는 태도가 부족한 이들이 활개를 칠 때 세상은 소란스러워진다. 히브리의 한 시인은 악인의 마음에는 반역의 충동만 있다면서 "그의 눈빛은 지나치게 의기양양하고, 제 잘못을 찾아내 버릴 생각은 전혀 없습니다"라고 노래한다. 성급하게 판단하고 말하는 이들에게 부족한 것은 아낌과 존중의 마음이다.

사람으로 산다는 것은 다른 이들과 공존하는 것이다. 유대인 철학자 헤셸은 인간성의 반대는 야수성이라면서 "야수성이란 이웃 사람의 인간성을 인식하지 못하는 것, 그의 요구와 상황을 이해하지 못하는 것"이라 말했다. 다른 이들의 존재를 부정하는 것은 곧 자기의 존립 근거를 스스로 훼손하는 것이다. 그는 사람이 "절망을 피하는 유일한 길은 자신이 목적이 되는 게 아니라 남에게 필요한 존재가 되는 것"이라고 말한다. 남에게 필요한 존재가 되기 위해서는 다른 이들의 상황을 이해하려는 섬세한 노력이 필요하다. 이해와 사랑은 느림이 주는 선물이다. 그에 반해 성급함과 우쭐거림, 자기에 대한 과도한 확신은 오해와 불신을 만들어내는 부엌이다. 자기가 갖고 있는 통념을 잠시 내려놓지 않고는 참에 대한 올바른 인식에 도달할 수 없다.

좋은 사람이 되기를 꿈꾸다가 이런저런 장애물을 만나 시르죽은 이들을 볼 때마다 안쓰러움을 느낀다. 좋은 사람으로 자기를 이미지화하는 것은 아름다운 일이지만 그 이미지가 영혼의 덫이 되어서는 안 된다. 지나침은 언제나 자기 파괴의 씨를 내포하고 있기 때문이다. 세상으로부터 오는 모욕이나 충격을 완화하거나 해소할 수 있는 내적인 힘이 생길 때까지 사부작사부작 조금씩 걸어가면 된다. 일어서서 한 걸음을 내디뎌 앞으로 나아가는 것, 그것이 진정한 용기다.

(2023.06.10.《경향신문》)

15.

불안이라는 숙명

—

　세상에 영원한 것은 없다. 변화 혹은 흐름만이 영속적이다. 유장하기 이를 데 없는 산도 바다도 변한다. 산은 계절에 따라 다른 옷을 입고 세상과 마주한다. 바다는 끊임없이 출렁임으로 싱싱함을 유지한다. 굳건해 보이는 바위가 허물어져 모래가 되고 그것이 변하여 토양이 되기도 한다. 늙은 바위는 자기 위에 떨어진 씨앗을 위해 자기 몸 일부를 열어준다. 열흘 붉은 꽃이 없다는 말이나 흥망성쇠 혹은 성주괴공이라는 말은 모두 무상한 것들을 대하는 사람들의 쓸쓸함을 반영한다. 같은 강물에 두 번 발을 담글 수 없다는 말도 마찬가지다.

시간은 모든 것을 낡게 만든다. 시인 나희덕은 「부패의 힘」이라는 시에서 "벌겋게 녹슬어 있는 철문을 보며" 안심한다고 말한다. 녹슬 수 있음에 안심하는 아이러니 속에 생의 신비가 있다. 시인은 "가장 지독한 부패는 썩지 않는 것"이라고 말한다. 어째서 그런가? 시인은 "부패는 자기 한계에 대한 고백"이고 "일종의 무릎 꿇음"이라고 말한다. 자기 한계를 인정하고 받아들이는 것이 삶의 지혜다. 한계를 인정하지 않음이 어리석음이다.

종교는 영원한 삶을 가르친다. 영원한 삶이란 시간의 무한한 연장 혹은 썩지 않거나 스러지지 않음을 가리키는 말이 아니다. 강물은 바다에 이르는 순간 자기 이름을 잃지만 더 큰 세계의 일부가 된다. 개체로서의 나의 삶에 대한 집착에서 벗어나 영원에 잇대어 살 때 그는 지금 여기서 영원을 살고 있다 할 수 있다. "나를 믿는 사람은 죽어도 살고, 살아서 나를 믿는 사람은 영원히 죽지 아니할 것"이라는 말씀이 가리키는 바가 바로 그것이다.

흐름에 자기를 맡기는 이들은 평안하다. 전도서는 모든 때를 아름답게 하셨다고 말한다. 문제는 그때의 아름다움을 발견할 눈이나 그것을 누릴 여백이 없다는 것이다.

인생이 무겁다고 느낄 때마다 '이때의 아름다움이 무엇일까?' 자문한다. 쉬운 대답은 없지만 그 문제의 무게는 사뭇 다르게 느껴진다. 은총의 흐름에 나를 맡기는 데서 자유가 확보된다. 그 흐름이 나를 사정없이 내동댕이치는 것처럼 생각될 때도 있지만 그것조차 삶의 일부로 받아들일 때 평안이 찾아온다.

역사가인 최종원 교수는 『수도회, 길을 묻다』라는 책에서 중세사가인 자크 르 고프가 들려주는 시간 이야기를 소개한다. 고프는 "자연의 시간과 농부의 시간을 따라 이루어진 수도회 일과를 '교회의 시간'이라고 하고, 그에 대비되는 시간을 '상인의 시간'으로 구분한다." 교회의 시간은 일상을 살아가면서도 정신적이고 초월적인 데 삶의 초점을 맞추는 것을 가리킨다. 교회의 시간을 사는 이들은 자기중심성에서 벗어나 이웃들을 배려하며 산다. 어려움을 겪고 있는 이들을 위해 기도하고, 병든 이들을 돌보고, 여행자들에게 쉴 곳을 제공하고, 가난한 이들을 위한 사회적 안전망을 구축하기 위해 노력한다.

'상인의 시간'을 사는 이들은 자기들의 욕망 위에 인생의 집을 짓는다. 욕망은 결핍이고, 결핍은 채움을 요구한다. 자기의 결핍이 채워지기 전에는 타자들의 결핍에 마음을 쓰지 않는다. 그러나 문제는 그 결핍이 결코 채워지지 않는다는 데 있다. 욕망의 서사에 사로잡힌 이들은 결핍과 채움의 쳇바퀴에서 벗어나기 어렵다. 채움은 잠시 동안 만족을 주지만 얼마 지나지 않아 또 다른 욕망이 그를 확고하게 사로잡기 마련이다.

에덴의 동쪽에서 살아가는 모든 인간은 불안이라는 숙명 속에서 살아간다. 불안은 공포와는 달리 특정한 대상으로 인해 발생하지 않는다. 그것은 유한함에 대한 자각에서 비롯되는 것인지도 모른다. 사람들은 불안에서 벗어나 불안의 대용물들을 얻기 위해 동분서주한다. 분주함을 통한 불안의 망각은 인생의 해결책이 될 수 없다. 더 큰 자기 분열의 단초일 뿐이다. '상인의 시간'을 '교회의 시간'으로 전환할 때 우리 마음을 확고히 사로잡던 불안은 조금씩 스러진다. 불안이 사라진 자리에 세상 도처에 깃든 아름다움에 대한 경탄이 자리 잡는다. 변화 혹은 흐름은 덧없음이 아니라 삶의 다른 무늬일 뿐이다. 자기가 살고 있는 시간 속에서 영원을 발견하는 사람은 행복하다.

(2023.07.05.《국민일보》)

16.

외로움은 마음 둘 곳 없음이다

—

외로움은 마음 둘 곳 없음이다. 의지적이든 비의지적이든 많은 이와 접촉하며 살 수밖에 없지만 마음의 헛헛함은 쉽게 스러지지 않는다. 사회가 부여한 역할을 수행하며 살면서도 마음은 다른 곳을 서성거리기 일쑤다. 이곳에 있으면서도 저곳을 꿈꾸고, 이 일을 하면서도 다른 일에 마음을 빼앗긴다. 우리를 확고하게 사로잡는 피곤함은 온전히 현재에 머물지 못함에서 비롯된다.

끊임없는 소음 속에 머무는 동안 우리 마음은 점차 둔감해진다. 어지간한 일에는 충격을 받지도 않는다. 하지만 광장이나 일터 혹은 소셜 미디어를 통해 사람들이 함부로 배설하는 욕설과 비난에 노출된 영혼은 작은 자극에도 예민해질 때가 많다. 정신의 여백은 사라지고 회복력 또한 약화된 채 살아간다. 모두가 지쳐 있다. "타인은 지옥"이라고 말했던 사르트르의 심정에 공감될 때가 많다. 어디 무거운 짐을 부려놓듯 마음을 내려놓을 곳이 없어 삶이 힘겹다.

떠남에 대한 욕구는 그렇게 발생한다. 휴가를 뜻하는 단어 vacation이나 vacance는 '비우다'라는 뜻의 라틴어 'vaco'에서 나온 말이다. 휴가는 채움이 아니라 비움이 본질이라는 말이다. 정신과 감각을 고요히 하고, 세상일도 잠시 단절하고, 열망하던 일도 내려놓을 때 보이는 것이 있다. 휴가는 현재를 심화하는 일이 되어야 한다.

설악산을 노래하다가 하늘로 돌아간 시인 이성선은 「다리」라는 시에서 어느 날 우연히 보았음직한 광경을 담담하게 기록했다. 한 사람이 다리를 건넌다. 느긋한 발걸음으로 다리를 건너던 그는 문득 가던 길을 멈추고 잠시 먼 산을 바라보다가 다시 발걸음을 옮긴다. 그때의 바라봄은 특정한 대상을 향한 것이 아니라 우리가 잃어버린 유현한 세계 혹은 맑음의 세계인지도 모르겠다. 얼마 후 또 한 사람이 다리를 건넌다. 그는 뭐가 그리 바쁜지 빠른 걸음으로 다리를 통과하여 어느새 자취도 보이지 않는다. 무심히 볼 수도 있는 광경이지만 시인의 마음에는 작은 파문이 일어난다. 그가 떠난 자리에는 다리만이 덩그러니 남아 있다. 다리가 안쓰러웠던 것일까? 잠시 숨을 고른 시인은 쓸쓸하게 말한다. 빠르게 다리를 건너가는 사람은 다리를 외롭게 만드는 사람이라고.

오래전 보트를 타고 나이아가라 폭포 아래를 둘러본 적이 있다. 세계 각지에서 온 관광객들은 저마다 우비를 입고 그 장대한 폭포를 경험할 생각에 부풀어 들떠 있었다. 사정없이 쏟아지는 물보라와 폭포에 걸린 무지개를 보며 사람들은 환호성을 질러댔다. 보트가 폭포에 가까이 다가갈 때마다 물벼락을 맞곤 했지만 그것을 불쾌하게 여기는 사람은 아무도 없었다. 문득 유리 칸막이 안에서 배의 상황을 모니터하는 스태프가 눈에 들어왔다. 부루퉁한 표정의 그는 책을 읽으며 간간이 사람들을 바라보았다. 그 시선이 사뭇 차가웠다. 그에게 그곳은 어쩌면 권태롭기 이를 데 없는 일터였는지도 모르겠다.

분주함은 우리에게서 우정의 가능성을 앗아간다. 친구

의 쓸쓸함을 직감하면서도 그의 곁에 더 머물러 줄 생각을 하지 못할 때가 많다. 바쁘다는 핑계로 혹은 그의 우울이 내게 옮겨올까 두려워서. 외로움은 홀로 있음의 괴로움이다. 그 괴로움은 흐르는 모래처럼 우리를 자꾸 빨아들인다. 학교에서 친구들에게 왕따를 당하는 아이가 있었다. 또래 속에 섞여 들 수 없다는 사실이 그에게 깊은 상실감으로 다가왔다. 학교는 두려운 곳이 되었고, 결국 그 아이는 전학을 할 수밖에 없었다. 새로운 학교로 전학한 첫날, 매사가 조심스럽고 낯설었다. 그런데 점심시간에 한 아이가 다가와 말을 걸었다. "같이 밥 먹을래?" 그 한마디는 아리아드네의 실이 되어 그 아이를 깊은 외로움으로부터 건져냈다.

지금 외로운 이에게 다가가 가만가만 손을 내미는 사람, 벼랑 끝에 선 듯 삶이 위태로운 이 곁에 가만히 다가서서 그의 설 땅이 되어주는 사람은 이 덧거친 세상에서 평화의 태피스트리를 짜는 사람이다. 자기로 가득 찬 사람은 하기 어려운 일이다. 자기를 비워 맑아진 사람만이 할 수 있는 일이다. 무더운 여름, 산들바람처럼 지친 누군가의 마음을 시원하게 해주는 사람이 되고 싶다.

(《월간에세이》7월호)

/7.

학습된 무기력을 떨쳐버리고

—

  세상이 펄펄 끓고 있다. 기후 위기는 징후가 아니라 전면적 현실로 우리 앞에 당도했다. 만기가 도래한 약속어음처럼. 집중호우에 제방은 무너지고, 편리를 위해 만든 터널이 무덤으로 변한다. 벌목과 택지 개발이 이루어졌던 산은 흘러내린다. 흔히 재앙은 무차별적이라 말하지만 그건 사실이 아니다. 해는 악한 사람에게나 선한 사람에게나 똑같이 떠오르고, 비도 의로운 사람과 불의한 사람을 가리지 않지만 그 결과는 공평하지 않다. 재난의 일차적 희생자들은 늘 안전의 취약지대에 사는 이들이니 말이다.

우리의 살림살이를 위협하는 것은 자연재해만이 아니다. 철근을 빼먹고 지은 아파트가 곳곳에 서 있다. 순살 아파트라는 신조어가 돈을 우상으로 섬기는 우리 시대의 슬픔을 고스란히 드러내고 있다. 책임을 져야 할 당국자들은 언제나 그렇듯이 남 탓하기에 분주하다. 무엇이든 정치화하는 순간 책임 소재는 불분명해지고 거친 싸움판이 만들어진다는 사실을 그들은 너무나 잘 알고 있기 때문이다. 세상에 믿을 사람 하나 없다는 비관주의가 스멀스멀 우리 의식을 파고든다. 공공성에 대한 의식의 쇠퇴를 차가운 미소로 반기는 이들이 있다. 누릴 것을 다 누리고 사는 이들이다.

　역사의 과정에 의해 이미 심판을 받은 이들이 속속 귀환하고 있다. 숨 죽여 살아왔던 시간에 대한 복수심 때문인지 그들은 이전보다 더 독한 말로 무장하고 있다. 그들의 입에서 가르는 말, 조롱하는 말, 격동하는 말이 폭죽처럼 터져 나온다. 일단의 사람들은 시원하다고 말하고, 다른 이들은 이를 간다. 평화로운 공존이 가능할 것 같지 않다. 가름의 대상이 된 이들은 처음에는 분노하지만 똑같은 일이 뻔뻔할 정도로 반복되면 실소를 터뜨리고 만다. 학습된 무기력이다. 지금 할 수 있는 일은 아무 것도 없다는 절망감에 포획되는 순간 역사의 퇴행은 기정사실이 된다.

열여섯 살에 아우슈비츠 수용소에 끌려갔다가 살아난 에디트 에바 에거Edith Eva Eger는 한동안 과거로부터 숨기 위해 몸부림쳤다. 과거에 잡아먹힐지 모른다는 두려움 때문에 어딘가에 소속되고 싶었다. 그러기 위해서는 자기 고통을 계속 감추는 전략을 구사했다. 하지만 수용하기를 거부하는 것들은 고통을 줄여주기는커녕 오히려 더 강고한 감옥이 되어 우리를 가둔다는 사실을 깨닫는 순간 그는 과거의 중력을 떨쳐버리고 앞으로 나갈 수 있게 되었다. 『마음 감옥에서 탈출했습니다The Choice』라는 책에서 그는 "희생되는 것victimization"과 "희생자 의식victimhood"을 구분한다. 희생되는 것은 나의 의지나 선택과는 상관없이 외부로부터 발생한다. 희생자 의식은 내면으로부터 발생한다. 그는 '자기 자신을 제외한 그 누구도 우리를 희생자로 만들 수 없다'고 말한다. 어떤 일이 닥쳐오든 우리 앞에는 언제나 선택의 가능성이 주어진다. 절망의 심연에 속절없이 끌려 들어갈 것인가, 심연의 가장자리에서 명랑하게 새로운 삶을 시작할 것인가?

수해 복구를 위해 구슬땀을 흘리는 분들을 본다. 토사

와 탁류가 밀려와 안온했던 삶의 자리를 파괴한 현장에서 그들은 피눈물을 흘렸지만, 절망감을 딛고 일어서 일상을 회복하기 위해 일하는 모습이 내게는 차라리 성스럽게 보인다. 자기 삶의 상황을 있는 그대로 받아들이고, 새로운 목표를 세우고, 상황을 변화시키기 위해 노력하는 것이야말로 희생자 의식에 삼키워지지 않을 묘책이다.

미구엘 드 세르반테스Miguel de Cervantes Saavedra가 창조한 인물 '돈키호테'는 자신을 편력기사로 생각하는 일종의 광인이다. 풍차를 거인으로 착각하여 돌진하고, 양떼를 무도한 군인으로 생각하고 칼을 휘두른다. 객줏집을 성으로 오인하기도 한다. 그는 정상의 범주에 들지 못한다. 그러나 그를 섬기는 산초 판사는 돈키호테가 꿍심이라고는 전혀 모르는 아름다운 사람으로 본다. 그가 사방에서 두들겨 맞고 불운한 일을 겪으면서도 차마 주인 곁을 떠날 수 없는 것은 돈키호테가 누구에게도 나쁜 짓은 할 줄 모르고, 악의라고는 전혀 없는 순박한 사람이기 때문이라고 믿기 때문이다. 돈키호테 또한 자기가 겪는 불운이 마법사들의 농간이라고 굳게 믿지만 그 때문에 절망에 빠지자 않는다. "진정한 용기를 이길 마법이 있겠는가? 마법사들이 내게서 행운을 앗아 갈 수는 있을지 몰라도 노력과 용기를 빼앗지는 못할 것이야." 이 담대한 희망이 그를 위대한 존재로 만들어준다. 학습된 무기력에서 벗어나 우리가 꿈꾸는 세상이 도래할 수 있는 조그마한 틈을 만들어야 한다. 새로운 변화는 언제나 그런 틈에서 시작되기 마련이다.

(2023.08.05.《경향신문》)

/8.

말이 오용될 때

—

경희대 김진해 교수는 『말끝이 당신이다』라는 책의 표제 칼럼을 통해 흥미로운 관점을 보여준다. 스마트폰이 보급된 이후에 사람들은 직접 통화보다는 문자를 주고받거나 채팅 창을 통해 이야기를 나누는 걸 더 선호한다. 김진해 교수는 문자를 보낼 때 말끝을 어떻게 맺고 있는지를 보면 친한지 안 친한지, 기쁜지 슬픈지 다 알 수 있다고 말한다. "친할수록 어미를 일그러뜨려 쓰거나 콧소리를 집어넣고 사투리를 얹어놓는다. '아웅 졸령' '언제 가남!' '점심모 먹을껴?' '행님아, 시방 한잔하고 있습니다' '워메, 벌써 시작혀부럿냐.'" 친하지 않은 사이엔 주로 "~습니다"라는

175

종결어미를 사용한다. 그는 학생들과 친구처럼 지내도 "결석을 통보할 때는 '이러이러한 사유로 결석하게 되었습니다' 하는 식으로" 통보하더라며 서운해 한다. 그가 받고 싶은 메시지는 이런 것이다. "패랭이꽃도 예쁘게 피고 하늘도 맑아 오늘 결석하려구요!"

언어는 하나님께서 인간에게 주신 귀한 선물이다. 우리는 말을 통해 세상을 인식한다. 언어라는 기호를 공유할 때 비로소 소통이 가능하고, 공감도 일어난다. 어떤 경험을 하긴 했는데 적절히 표현할 말을 찾지 못할 때, 누군가가 가장 거기에 딱 어울리는 표현을 하면 비로소 자기 경험의 실체를 알게 된다. 외국어는 우리에게 익숙한 기호가 아니기 때문에 늘 어렵다. 그런데 언어는 의사소통의 도구에 국한되지 않는다. 언어는 사건도 일으킨다. '말 한마디로 천 냥 빚을 갚는다'는 말은 그런 말의 힘을 암시한다. 우리는 말로 다른 사람을 격려할 수도 있고 불쾌하게 만들 수도 있다.

말이 오용될 때 사람들 사이에 분열이 시작된다. 아담은 어찌하여 선악과를 따 먹었느냐는 하나님의 책망을 듣고 그 책임을 하와에게 돌렸다. 책임을 모면하기 위해 사용한 그 말이야말로 사람 사이를 버름하게 만들고, 사탄은 그 버름한 사이에 파고들어 관계를 파탄으로 이끈다. 잠언은 "남의 말을 잘하는 사람", "다투기를 좋아하는 사람", "헐뜯기를 잘하는 사람", "악한 마음을 품고서 말만 매끄럽게 하는 사람"이 얼마나 위험한지를 알아차려야 한다고 경고한다.

자기가 싫어하는 사람들을 특정한 이미지 속에 가두려 한다. 한 존재를 언어로 규정하는 순간 그가 가진 다양한 가능성들은 무시되기 일쑤다. 언어가 차꼬이고 감옥일 수 있다는 것을 우리는 시시때때로 경험한다. 프랑스의 시인 스테판 말라르메Stephane Mallarme는「에드거 포의 무덤」이라는 시에서 사람들이 하는 뒷담화를 가리켜 "히드라의 비열한 소스라침"이라고 말한다. 히드라는 그리스 신화에 나오는 괴물인데 머리가 여럿 달린 뱀이다. 히드라의 끔찍함은 머리 하나를 자르면 그 자리에서 다른 머리 여러 개가 나온다는 데 있다. 헐뜯는 말은 또 다른 말을 낳고, 그것이 남의 말을 잘하는 사람, 헐뜯기를 잘하는 사람은 이웃의 존엄을 파괴하는 사람이다. 그들은 증폭되면서 편견을 만들고, 편견은 적대감을 만들고, 결국에는 사람들의 관계를 파국으로 이끈다. 우리 사회는 언어로 인해 분열되어 있다.

생각과 삶의 지향, 정치적 입장이 다른 사람들 사이의 소통의 길이 막혀 버린 것이다.

"땔감이 다 떨어지면 불이 꺼지듯이, 남의 말을 잘하는 사람이 없어지면 다툼도 그친다." 다투기를 좋아하는 사람은 숯불 위에 숯불을 더하고, 타는 불에 나무를 더하는 것처럼 불난 데 부채질을 한다. 예레미야도 이런 현실을 통탄한다. "내 백성의 혀는 독이 묻은 화살이다. 입에서 나오는 말은 거짓말뿐이다. 입으로는 서로 평화를 이야기하지만, 마음속에서는 서로 해칠 생각을 품고 있다."(렘 9:8) 언어가 소통되는 광장이 오염되었다. 말의 품격이 회복되지 않는 한 세상은 지옥문일 뿐이다. 기독교인의 언어부터 달라져야 한다. 혐오와 냉소의 말, 분열과 차별을 강화하는 언어를 내려놓을 때, 말씀으로 창조된 세상의 아름다움이 비로소 개시된다. 말이 곧 당신이다. 알 수 없는 일에 대해서는 차라리 침묵하는 게 낫다. 오늘, 우리가 하는 말이 우리가 사는 세상을 만든다.

(2023.08.30.《국민일보》)

/9.

서로에 대한 신뢰가 무너질 때

—

그리스 역사가 헤로도토스는 『역사』라는 책에서 바빌론 여왕 니토크리스에 관한 흥미로운 이야기를 들려준다. 그는 도시 중앙을 통과하여 곧게 흐르던 유프라테스 강에 운하 몇 개를 파 물이 몇 구비로 굴절되어 흐르게 했다. 홍수를 예방하는 효과는 물론이고 외적들이 곧 바로 도성에 접근하지 못하도록 하기 위함이었다. 또 많은 기념비들과 도로를 건설했다. 니토크리스는 소름끼치는 장난도 생각해냈다. 그는 도시에서 사람들이 가장 많이 지나다니는 문 위에 자신의 묘를 만들게 한 후 이런 비문을 새겨 넣었다.

"금후 바빌론의 왕으로서 돈이 궁한 자는

이 묘를 열고 마음대로 돈을 취하라.

그러나 돈이 궁하지 않을 때는 함부로 열지 마라.

재앙이 있으리라."

꽤 오랫동안 이 묘는 훼손되지 않았다. 사람들은 시체가 놓인 문 밑을 걷는 것이 꺼림칙하여 그 문을 사용하지 않았다. 나중에 다레이오스 왕은 그 문을 사용할 수 없다는 사실에 화가 났고, 가능성이 있는데도 그것을 취하지 않는 것은 어리석은 짓이라는 생각이 들어 사람들에게 그 묘를 열게 했다. 묘를 열자 재보財寶는 없고 시체와 다음과 같은 문구만 있었다고 한다.

"네가 탐욕스럽지 않고 가장 비열한 방법으로

돈 벌기를 바라지 않는 자라면,

죽은 자의 관을 열지는 않았으리라."

가장 절박한 순간 그 묘를 열면 해결책을 얻을 수 있다는 희망이 왕들로 하여금 오히려 현실의 어려움을 견결하게 버텨낼 수 있는 힘으로 작동했는지도 모르겠다. 다레이오스는 그 보이지 않는 힘을 가시화하고 싶어 했고, 결과

적으로 어리석은 자로 판명되었다. 석과불식碩果不食의 지혜가 필요하다. 씨 과실은 남겨두어야 미래를 기약할 수 있다. 옛 농부들은 굶주리면서도 이듬해 파종을 위해 곡식을 여둬두었다. 지켜야 할 것을 끝끝내 지키는 것이 용기다.

이런 실천적 지혜가 작동하지 않는 것이 우리 시대의 슬픔이다. 미래 세대가 누려야 할 모든 것들을 가불하여 사용하는 것이 오늘의 현실이다. 자원이 고갈되고, 자연의 역습이 시작되었다. 기후 문제가 심각하다는 사실은 대체로 인정하는 분위기이지만 기후 붕괴를 막기 위해 당장 불편을 감수할 마음은 품지 않는다. 어떻게든 되겠지 하는 근거 없는 낙관론이나 아무리 애써 보아도 결국은 소용이 없을 거라는 비관론이 암암리에 퍼져 있다. 후쿠시마 오염수 2차 해양 방류가 다시 시작되었다. 이 오염수가 장기적으로 지구 생태계에 어떤 영향을 끼칠지 아무도 알지 못한다. 모른다면 해동머리에 얼음 위를 걷듯 조심스럽게 접근해야 할 일이다. 이미 벌어진 사태라 여기기 때문일까? 사람들은 이 엄청난 사건을 무덤덤하게 받아들인다. 세상의 모든 분노와 아픔까지도 표백시키는 시간의 풍화작용을 굳게 믿는 이들은 회심의 미소를 짓고 있을지도 모르겠다.

서로에 대한 신뢰가 무너질 때 사회는 위험에 빠진다. 신뢰의 토대인 말이 오염되었다. 소설가 이청준의 말처럼 사람들에게 혹사당한 말들은 기진맥진 지쳤고, 고향을 잃어버린 말들은 고향에 대한 감사와 의리를 잃어버렸다. 소통의 매개인 말이 오히려 단절을 심화시키는 아이러니를 우리는 일상적으로 경험한다. 여백과 여유가 없는 말은 때로 예리한 칼날이 되어 사람들을 갈라놓는다. 스스로 기준이 되려는 욕망에 사로잡힌 이들은 자기와 다른 이들을 배제하는 일에 주저함이 없다. 배제는 혐오로 이어지고, 혐오는 억압이나 폭력을 정당화한다. 망설임이나 머뭇거림이 허용되지 않는 세상에서 진실은 가뭇없이 스러진다.

욕망의 벌판을 질주하는 동안 사람들의 호흡이 가빠졌고 성정은 거칠어졌다. 성경은 세상의 끝이 다가올 때 사람들은 돈과 쾌락을 사랑하고, 무정하고, 절제가 없고, 무모하고, 난폭하고, 선을 좋아하지 않을 거라고 말한다. 역사는 공감의 확대 과정이라는 말을 믿고 싶지만, 현실은 그런 우리의 낙관론을 비웃는 것처럼 보인다. 어떤 일이든 이드거니 감당하는 이들을 만나기 어렵다. 성심과 성의를 다해 자기 일을 수행하는 이들이 줄어들고 있다. 시간 속에서 형성되던 삶의 서사가 사라지고 명멸하는 감각의 파편만 남을 때 뿌리 없이 떠도는 삶이 일상이 될 수밖에 없다.

어렵더라도 니토크리스의 묘는 그 자리에 간직되어야 했다. 니토크리스의 묘를 파헤치려는 이들이 여전히 많다. 미래 세대의 것까지 허물어 자기 배를 채우려는 욕망은 어리석음이다. 다른 이들을 배제하기 위해 함께 딛고 서야 할 신뢰의 토대를 허무는 순간 자기 역시 추락할 수밖에 없다.

〈2023.10.07.《경향신문》〉

20.

일상의 균열을 만드는 고통

—

"내 인생이 왜 이리 힘든지 모르겠어요." 만나는 이마다 이런 하소연을 한다. 행복은 저 멀리 신기루처럼 깜박일 뿐 도무지 손에 잡히지 않는다는 것이다. 소셜 미디어에 전시된 타자들의 행복한 모습은 우리의 남루함을 더욱 도드라지게 만든다. 감당해야 할 인생의 무게가 태산처럼 느껴질 때 비애감도 덩달아 커진다. 고달픔, 서러움, 억울함의 감정은 무거운 추가 되어 우리를 심연으로 잡아당긴다. 누구나 행복을 바라지만 행복이 인생의 목표가 되는 순간 지금이라는 기적을 한껏 누리지 못한다.

행복의 신기루를 좇는 이들일수록 고통에 민감하게 반응한다. 고통은 즉시 제거되어야 할 적이다. 고통은 행복의 철천지원수라고 느끼기 때문이다. 한병철 교수는 고통에 대한 전반적인 두려움이 우리 시대를 지배하고 있다고 말한다. "고통에 대한 내성도 급속하게 약화되고 있다"는 것이다. 고통을 초래할 수 있는 일에 연루되려 하지 않는다. 사랑조차 회피되는 경우가 많다. 통증을 다스리기 위해 진통제를 복용하는 것처럼 사람들은 타자와의 관계에서 비롯되는 고통을 피하기 위해 스스로 고립을 택하기도 한다. 외로움이 심화되고 자기 삶을 위협할 수도 있는 타자에 대한 적대감 또한 커진다.

고통은 우리의 일상에 균열을 만든다. 고통은 익숙한 세계를 교란시키는 불쾌한 손님이다. 그 손님을 적의의 태도로 대하는 것은 일종의 본능이다. 하지만 그렇다고 하여 그 불쾌한 손님이 고분고분하게 물러나지는 않는다. 시간과 공간의 제약 속에서 살아가는 어떤 존재도 고통을 회피할 수 없다. 고통은 우리 삶의 일부일 뿐만 아니라, 다른 세계를 열어 보이는 창문이기도 하다. 사람은 언제까지나 자기 동일성 속에 머물지 못한다. 그 동일성을 깨뜨리는 일들이 수시로 발생하기 때문이다. 운명에 채인 상처든, 타자와의 관계에서 빚어진 아픔이든, 적대적인 세상에서 겪은 불유쾌함이든 우리 속에는 그런 상처자국이 많다. 그 자국은 말끔히 지울 수는 없다. 음유시인인 레너드 코헨은 〈Anthem(송가)〉이라는 노래에서 "모든 것 속에는 갈라진 틈이 있다. 그 틈을 통해 빛이 스며든다"고 노래했다. 고통이 우리 몸과 마음을 스쳐간 흔적인 틈을 메우는 일에만 몰두할 게 아니라, 그 틈을 통해 스며들고 있는 빛에 주목해야 한다.

고통을 반길 수는 없다. 고통은 우리 삶의 주도권을 빼앗는다. 그렇기에 불유쾌하다. 하지만 고통은 우리가 한사코 외면했던 삶의 다른 차원을 열어준다. 타자의 세계이다. 고통은 우리를 다른 이들의 고통과 연결시켜준다. 윤동주는 「팔복」이라는 시에서 "슬퍼하는 자는 복이 있나니"라는 구절을 여덟 번 반복한 후에 "저희가 영원히 슬플 것이오"라고 시를 마무리했다. 시인이 말하는 슬픔은 애상이 아니다. 시대적 울분과 그 속에서 아무것도 할 수 없다는 자괴감 속에서 비로소 그는 다른 이들의 슬픔에 깊이 연결되었던 것이다. 그 슬픔의 연결을 통해 그는 오히려 희망을 향해 고개를 들 수 있었다.

행복을 위해 고통을 말끔히 제거하거나 외면하려 할 때 우리는 동시에 타자들의 고통에 무감하게 된다. 고통은 우리를 타자의 세계와 연결하는 든든한 줄이다. 내가 겪는 고통을 통해 타자들의 고통에 눈을 뜨고 그 고통의 문제를 함께 해결하려 할 때 책임적 공동체가 형성된다. 임마누엘 레비나스는 타인의 고통을 나의 책임으로 수용하지 않고 도피하는 것이 곧 악이라고 말한다. 고통을 어떻게 대하는가를 보면 그 사람이 어떤 사람인지를 알 수 있다.

　　지금은 기독교 절기상 예수의 고난을 묵상하는 사순절기의 막바지다. 예수는 세상 사람들이 겪고 있는 모든 아픔과 설움과 연약함을 자기 속으로 오롯이 받아들였다. 그에게는 외면해도 괜찮은 남이 없었던 것이다. 그는 우리에게 종교가 아니라 삶의 신비를 가르쳐준다. 고통은 중력처럼 사람들을 심연으로 잡아당긴다. 그들을 아래에서 떠받치고 지탱해주는 이들이 필요하다. 그들은 난폭하고 냉혹하고 무정한 세상을 치유하는 이들이다. 봄바람이 되어 사람들 속에 깃든 생명을 깨어나게 하는 사람들이다.

(2024.03.22.《경향신문》)

2/.

분주함, 사회적 신분에 대한 표징

—

　사람들을 돌보는 일을 소홀히 하지 않으면서도 정원 일에 몰두하고 있는 길벗을 찾아 먼 길을 다녀왔다. 화사한 봄꽃이 흐드러지게 핀 그의 정원은 정원사의 손길 덕분인지 정갈하고 가지런했다. 마가렛, 페튜니아, 으아리, 덩굴장미, 사계국화, 분홍낮달맞이, 삼색병꽃, 원평소국, 작약, 로벨리아, 알리움, 마삭줄, 자란 등 형형색색의 꽃들이 저마다의 자태를 뽐내고 있었다. 벌들은 잉잉 대며 날다가 꽃가루에 몸을 묻은 채 열락을 즐기고 있었고, 제비나비는 자유롭게 비행하다가 꽃에 사뿐히 내려앉곤 했다. 꽃과 곤충은 둘이면서 하나였다.

정원으로 들어서는 입구의 돌담에서 문득 생명의 기척이 느껴져 바라보니 팬지 꽃 한 포기가 싱그럽게 피어 있었다. 정원사가 가꾼 것은 아니지만 팬지는 그렇게 거기서 자기의 꽃 시절을 한껏 만끽하고 있었다. 자기 연민이나 비애 따위는 없었다. 뿌리 내릴 약간의 흙과 물기를 만나 생명의 진수를 드러내는 그 생명력이 경이로웠다. 바쇼의 하이쿠 하나가 떠올랐다. "자세히 보니/냉이꽃 피어 있는 담이었구나." '~구나'라는 감탄형 종결 어미가 이 시에 정취를 더해준다. 이기적이고 타산적인 일체의 마음을 버렸기에 터져 나오는 감탄이다. 냉이꽃 한 포기가 무정물인 담까지도 생기 있게 만들고 있다. 이런 감탄을 촉발한 것은 '자세히 봄'이다. 할 일에 몰두하느라 빠르게 걷는 이들은 기적들 사이를 앞 못 보는 사람들처럼 스쳐 지나간다.

보는 행위도 여러 층위가 있다. 의지와 욕망이 개입되지 않았지만 눈에 그냥 보이는 현상이 있는가 하면, 보려는 의지가 개입된 지각 활동도 있다. 어떤 경우든 본다는 것은 눈을 통해 들어온 시각 정보를 과거의 경험과 기억과 관련시켜 취사선택해 받아들이는 행위다. 널리 알려진 '아는 만큼 보이고 보는 만큼 안다'는 말도 같은 사실을 가리킨다. 시각 정보에 갇히지 않고 그 정보 너머의 세계를 보는 것을 일러 통찰이라 한다. 예수는 무엇을 먹을까 마실까 입을까 염려하며 사는 이들에게 그런 걱정에 사로잡히지 말고 하늘을 나는 새와 들에 핀 꽃을 보라고 했다. 세상의 모순에 눈을 감고 정신 승리하라는 말이 아니다. 삶을 바라보는 더 높은 시선을 얻으라는 초대다. 장대한 것, 무한한 것에 대한 감각을 잃어버렸기에 우리 영혼은 가난하다. 시간의 폭력에 저항할 필요가 있다.

분주함이 사회적 신분에 대한 표징으로 인식되는 세상에서 한가로움은 덕이 아니라 게으름으로 받아들여지기 일쑤다. 가속의 시간에 적응하며 사는 이들은 아름다운 풍경이나 예술품 앞에 오래 머물지 않는다. 아니, 오래 머물지 못한다. 시급히 처리해야 할 일에 몰두하는 동안 향유의 능력을 잃어버렸기 때문이다. 아우구스티누스 성인은 '향유frui'와 '사용uti'을 구분한다. 사용이 대상을 자기 목적을 위해 이용하는 것이라면 향유는 대상을 있는 그대로 즐기는 것이다. 향유는 가장 온전한 사랑함이다. 향유의 능력을 잃어버리는 순간 타자들과 허물없이 순수한 사귐은 불가능해진다. 사용할 것을 많이 소유하는 것을 성공의 가늠자로 삼을 때 사람은 욕망의 종살이에서 벗어나지 못한다.

190

빛이 없으면 볼 수도 없다. 내면의 빛이 어두워서 우리는 제대로 보지 못한다. 그래서 다른 이들의 눈으로 세상과 자기 자신을 본다. 타인의 시선을 내면화하고 살 때 기쁨과 감사는 가뭇없이 스러진다. 그것은 일종의 속박상태이기 때문이다. 가끔 인생의 한계상황에 직면할 때가 있다. 죽음, 죄책감, 고통, 우연 등 우리가 도무지 제어할 수 없는 일에 사로잡힐 때, 사람은 누구나 깊은 당혹감을 느낀다. 그 당혹감은 우리 삶의 토대를 흔들지만 때로는 새로운 삶의 문턱이 되기도 한다. 고통을 통해 눈이 밝아진 이들이 있다. 그들은 타자의 눈에서 티끌을 빼겠다고 나서지 않고, 그들의 숨겨진 눈물을 본다. 눈이 맑고 밝은 이들은 아무도 함부로 대하지 않는다. 자기와 다른 이들에게 거침없이 혐오감을 드러내고 모멸감을 안겨주는 이들은 자신이 앞을 보지 못한다는 사실을 알지 못한다. 딱한 일이다.

(2024.05.17.《경향신문》)

22.

이름을 안다는 것

—

　이름은 전조라는 말이 있다. 이름을 듣는 순간 우리 몸과 마음이 동시에 반응한다. 좋아하는 음식 이름을 들을 때 마음이 저절로 따뜻해지고 입에 침이 고인다. 싫어하는 음식 이름을 듣는 순간 낯이 찌푸려진다. 이름이 호명되는 순간 그리움이 물안개처럼 번져오고 입가에 미소가 떠오르게 하는 사람이 있는가 하면, 그 이름을 듣는 순간 마음 가득 불쾌함이 몰려오고 몸이 굳어지게 하는 사람이 있다. 이름은 구별을 위한 기호다. 이름을 안다는 것은 개별성에 눈을 뜬다는 말이다. '고양이'라는 일반 명사는 어떤 동물 종을 지칭하지만 〈톰과 제리〉라는 애니메이션에 나오는

'톰'은 우리에게 특별한 기억을 환기시킨다. 이름은 늘 어떤 맥락과 함께 떠오른다. 특정한 장소에 대한 기억은 그곳에서 인연을 맺었던 누군가와 더불어 피어난다.

　아기들은 태어난 지 18개월 무렵부터 맥락과 이름을 연결하는 인지적 능력이 커진다 한다. 이름을 안다는 것은 그가 더 이상 객관적 무정물로 존재하지 않음을 뜻한다. 여러 해 전 어느 가을날 교회 마당가에 있는 살피꽃밭에 무심한 눈길을 던지고 있는데, 다방구 놀이를 하던 아이들이 술래를 피해 꽃밭으로 뛰어들곤 했다. 홀로 뒤쳐졌던 아이 하나를 불러 꽃밭으로 인도했다. 아이는 야단을 맞을 줄 알고 다소 긴장한 표정이었다. 수줍게 피어 있는 분꽃을 보며 다정하게 물었다. "이 꽃 이름 아니?" "아니요." "이건 분꽃이야." 아이는 가만히 귀를 기울였다. 검은색 열매 하나를 따서 아이의 손바닥에 올려놓으며 말했다. "한번 으깨볼래?" 아이가 열매를 으깨자 하얀 젖빛 배젖이 드러났다. "밀가루 같지?" "네." "이건 옛날에 엄마들이 분처럼 바르기도 했대. 그래서 분꽃이라는 이름이 붙었어." 자리를 떠났다가 30분쯤 후 다시 마당으로 나가자 어여쁜 풍경이 펼쳐졌다. 아이는 제 친구들을 살피꽃밭으로 인도하여 자신이 취득한 정보를 친구들과 공유했다. 꽃 이름을 아는 순간 살피꽃밭은 아이들에게 특별한 장소가 되었다. 아이들은 더 이상 꽃밭으로 뛰어들지 않았다.

1990년 한국에서 열렸던 '정의, 평화, 창조질서의 보전' 대회의 참가자들이 좋은 세상을 만들기 위해 애쓰다가 순교한 이들과 박해받은 이들을 기억하는 예배를 드렸다. 많은 이름들이 호명되었다. 예배를 이끌던 이가 회중석에 앉아 있는 이들을 향해 "우리가 함께 기억해야 할 또 다른 사람이 있습니까?"라고 물었다. 잠시 주저하던 이들 중 한 사람이 자기나라 순교자의 이름을 큰 소리로 호명하자, 더 이상 망설이지 않고 역사가 기억해야 할 이름들을 부르기 시작했다. 침묵의 공간 속에 울려 퍼지는 다양한 이름들. 그들은 더 이상 죽은 사람 혹은 갇힌 사람이 아니라 거대한 역사가 이루는 심포니의 한 부분으로 그 자리에 참여하고 있었다. 알 수 없는 외경심과 연대감이 사람들을 하나로 묶고 있었다.

어떤 사건 혹은 사고를 통해 억울하게 세상을 떠난 이들을 보며 우리는 안타까움을 표하곤 한다. 그와의 연대를 표하기 위해 사고의 현장에 꽃을 놓기도 하고, 결코 잊지 않겠다고 다짐을 하기도 한다. 그러나 그 선명했던 아픔의 기억은 시간과 함께 빛이 바래고 우리는 아무 일도 없었던 것처럼 삶을 계속한다. 그날의 예리했던 아픔의 모서리가 깎여나가 둔각을 이루고, 더 이상 아픔의 기억 속에만 머물 수 없다는 실리적 태도가 고통을 익명화한다. 고통이 익명화될 때 옛 물결이 새로운 세상의 꿈을 삼켜버린다. 이름을 기억하는 것은 고통의 익명화에 대한 강력한 저항이다.

언론에서 자주 언급하는 정치인들의 이름을 떠올린다. 그들의 이름이 호명되는 순간, 누군가는 환호하고 또 누군가는 진저리를 친다. 차라리 악평을 듣는 게 잊히는 것보다 낫다는 속설에 반응하는 것일까? 거친 말과 표정으로 자기 존재를 드러내려는 이들이 많다. 그런 이들로 인해 정치에 대한 혐오 정서가 깊어간다. 자유를 확대하는 방향으로 전개되는 역사의 흐름을 퇴행시키려는 이들의 이름을 꼭 기억해야 한다. 그것이 역사의 심판이 아닐까? 이름은 전조이다. 이름값을 하며 살고 싶다.

〈2024.07.12.《경향신문》〉

3부

다시

채우는 힘

1.
독서, 전 인간적인 경험

—

　5월의 숲은 평화롭다. 형형색색을 자랑하던 꽃이 진 자리에 돋아난 연초록 나뭇잎들은 모든 차이를 넘어선 무등의 세상을 보여준다. "땅은 푸른 움을 돋아나게 하여라" 하신 그분의 명령을 땅은 오늘도 묵묵히 수행하고 있다. 말씀으로 지어진 세상이니 세상 모든 만물은 그분의 말씀이 깃든 텍스트다. 숲이라는 텍스트 속에 들어가 숨을 깊이 들이마시고 내쉬면 고요한 평화가 스며든다. 마음이 차분해지면서 잊고 있었던 경외감과 신성한 것에 대한 감각이 돌아온다. 간간이 들려오는 새소리가 예배당 종소리처럼 마음에 물결을 일으킨다. 일상은 늘 나를 휘몰아대지만 그

래도 그 흐름을 끊고 숲길을 걷는 여유를 빼앗기고 싶지는
않다.

　서재는 또 하나의 숲이다. 사람을 만나는 게 일과 중 중
요한 부분을 차지하고, 그 만남이 주는 위안과 기쁨과 평
안도 있지만, 그렇지 못한 경우도 많다. 사분거리며 다가
와 많은 것을 요구하는 이들과 만날 때다. 마음이 무거워
지면 마음 둘 곳을 찾기 어려워진다. 그때마다 서가에 꽂
힌 책들을 일람한다. 그 책들은 내 마음의 역사이고 풍경
이다. 눈에 띄는 책 몇 권을 꺼내 책장을 설렁설렁 넘기며
밑줄 친 부분을 읽다 보면 어느 새 무겁던 마음이 차분하
게 가라앉는다. 가끔은 새소리처럼 청량한 문장과 만나기
도 한다.

　평생 책과 함께 살아서인지 책이 꽤 많은 편이다. 몇 년
전 수천 권을 덜어냈는데도 집과 교회의 서재는 온통 만원
이다. 도서관식으로 분류를 해놓지 못한 탓에 책을 찾느라
시간을 허비할 때도 많다. 애서가 대부분이 겪는 일상이다.
처음 내 사무실에 들어온 이들은 대개 두리번거리며 책을
둘러본다. 그러다가 문득 묻는다. "이 책 다 읽으셨어요?"
이 질문을 받을 때마다 난감하다. 읽지 않은 책이 많기 때

문이다. 그럴 수밖에 없다. 책 구매를 자제해야겠다고 다짐도 해보지만 관심 분야의 책이 나왔다는 정보를 보면 구매하지 않을 수가 없다. 얼마간 시간이 지나면 필요해도 구하기 어렵다는 사실을 경험적으로 알기 때문이다. 그러나 그 책을 다 읽기도 전에 다른 책들을 주문한다. 이런 일이 반복되니 딱한 노릇이다. 심문하듯 묻는 그 질문에 움베르토 에코의 말을 빌려 대답한다. "내일부터 읽으려고요."

강연을 하거나 토론 모임에 참여하면 더러 듣는 질문이 있다. "무슨 책을 읽어야 할까요?" 대답하기 어려운 질문이다. 질문자의 독서 습관이나 문해력의 수준을 알지 못한 상태에서 특정한 책을 소개하기란 여간 난감한 노릇이 아니다. 내게 좋은 책이 곧 그에게도 좋은 책일 수는 없기 때문이다. 가벼운 읽을거리들이 넘치는 세상이다. 실용적인 정보를 얻기 위해 책을 읽는 이도 있고, 위안을 얻고 싶어 읽는 이들도 있다. 각자의 관심에 따라 책을 선택하면 된다.

하지만 독서라는 적극적인 행위를 통해 자기 인식을 확장하고 싶은 사람이라면, 다소 힘에 부치는 책을 선택해보라고 권하고 싶다. 몇 페이지 읽다가 집어던지고 싶은 책들을 마치 광부가 광맥을 찾아 곡괭이질을 하는 것처럼 파고 들다 보면 어느 순간 인식의 지평이 확장되고 있음을 자각할 수 있을 것이다. 노벨문학상 수상작가인 파묵은 자기의 글쓰기를 가리켜 "바늘로 우물 파기"라고 말했다. 작가의 그런 열정을 글 속에서 알아차리는 기쁨은 누구도 빼앗지 못하는 독서의 즐거움이다.

오에 겐자부로는 『읽는 인간』이라는 책에서 에드워드 사이드를 인용해 독서로 얻는 건 단순한 정보가 아니라고 말한다. "어설프고 얄팍한 수용이 아니라, 전 인간적인 경험이라고 주장하는 것이죠. 나를 뭉클하게move 하고, 활력을 느끼게animate 하고, 흥분시키는gets me excited 것이니, 편리하게 차트화한 지식 정보를 넘겨주는 고요한 것이 아니에요." 가슴 뛰게 하는 문장 아닌가? 독서 행위는 수동적인 정보의 수용이 아니라 작가와 더불어 적극적인 이해의 과정에 뛰어드는 일이다. 삶과 세계 혹은 인간에 대한 인식의 심화는 우리를 편협성의 늪으로부터 건져준다. 욕망의 바다를 느적거리며 헤매기보다는 인식의 광야 속으로 들어가 자기를 단련하는 시간을 마련하면 좋겠다. "요즘 무슨 책 읽고 계세요?"

(2021.05.12.《국민일보》)

2.

역사가 지향해야 할 방향

—

    히말라야의 브로드피크를 등정한 후 하산 길에 실종된 김홍빈 대장은 결국 그 무심한 설산의 일부가 되고 말았다. 그는 히말라야 14좌를 완등한 최초의 장애인이라는 타이틀보다 더 소중한 것을 우리에게 남겨주었다. 인간의 한계를 초극하려는 도전 정신이다. 그는 일찍이 북미 대륙의 최고봉인 매킨리 단독 등반 도중 조난 사고를 당해 열 손가락을 다 잃었다. 잠시 암울한 시간을 통과해야 했지만 그는 자기 삶의 조건을 씩씩하게 받아들였고, 불굴의 도전 정신을 발휘했다. 일곱 대륙의 극점에 도전했고, 마침내 히말라야 14좌 완등이라는 꿈을 이루고 말았다. 사고였지만 그는 마치 홀연히 사라져버린 것 같은 느낌을 준다.

며칠 동안 그의 생환 소식을 기다리면서 니코스 카잔차 키스Nikos Kazantzakis의 문장을 떠올렸다. "어두운 심연으로부터 와서 어두운 심연에서 끝을 맺으면서 우리는 반짝하는 그 사이의 삶을 부른다. 우리가 태어나자마자 되돌아감은 시작되고, 전진과 후퇴는 동시에 존재한다. 우리는 매순간 죽는다." 조금 불길하긴 했지만 이게 삶의 진실임을 부정할 수 없었다. 심연과 심연 사이에서 반짝하는 사이, 바로 그곳에서 우리 삶이 빚어진다. 심연은 어떤 설명도 불가능한 인식의 절벽이다. 삶도 그러하고 죽음도 그러하다. 하지만 사람들은 그 심연을 짐짓 외면하며 산다. 심연을 본다는 것은 두려운 일이기 때문이다. 심연을 보는 순간 인간은 벼랑 끝에 선 듯 현기증을 느낀다. 심연을 응시한 후에 깊은 침묵의 세계 속으로 침잠하는 이도 있고, 광기에 사로잡히는 이도 있다. 광기에 사로잡힌 이들은 다른 이들이 보지 못하는 세계를 보는 이들이다.

평범한 사람들은 심연 앞에서 눈을 감는다. 심연의 공포를 마주하려 하지 않기 때문에 그들은 비교적 안전하다. 요령 있고 신중한 이들은 안전지대에 머물 뿐, 경계선 너머를 꿈꾸지 않는다. 그때 정신은 늙기 시작한다. 문틈으로 공기가 스며 들어오듯, 먼지가 소리 없이 쌓이듯 일상은 그렇게 우리 정신을 잠식하여 다른 삶을 꿈꾸지 못하게 만든다. 비속한 삶을 유지하기 위해 앙버티며 사는 동안 우리 삶의 지평은 점점 좁아진다. 길들여진 삶의 쓸쓸한 풍경이다.

우여곡절 끝에 열린 하계 올림픽 경기를 보며 감탄한다. 젊은 날에는 승자들에게 눈길이 많이 갔지만 이제는 이기든 지든 자기 한계를 넘어서려는 이들의 모습이 다 아름다워 보인다. 몸과 마음을 통해 인간의 한계를 탐색하는 그들의 장한 도전 덕분에 우리 문명은 활력을 얻는다.

세상에는 인간 정신의 지평을 넓히기 위해 헌신하는 이들이 있다. 전쟁의 세기인 20세기에 "모든 생명은 살기를 원하는 생명"이라는 평범한 진실을 통해 새로운 생명 윤리를 제시한 알베르트 슈바이처, 제국의 가혹한 폭력을 겪으면서도 비폭력적 저항을 통해 압제자나 피압제자가 함께 해방되는 길을 제시했던 마하트마 간디 같은 사람이 그러하다. 그러나 이름이 널리 알려지지는 않았더라도 고귀한 생명을 구하기 위해 기꺼이 위험 속으로 들어간 이들도 인간 정신을 고양한 존재라 해야 할 것이다. 모든 고통이 다 정신의 숭고함으로 귀결되지는 않는다. 인간 정신의 숭고함은 언제나 비범한 고통을 통해 발현된다. 비범한 고통이란 어쩔 수 없이 겪을 수밖에 없는 수동적 고통이 아니라 능동적으로 선택하는 고통이다. 약자들을 삼키는 역사의 흐름을 되돌리기 위해 그 격랑 속으로 뛰어드는 사람들이 있다. 역사의 제단 앞에 기독교의 상징인 십자가는 바로 그러한 진실을 나타내는 기호다.

정치의 계절이 다가오고 있다. 대통령의 꿈을 꾸고 있는 이들은 저마다 왜 자신이어야 하는지 대중들을 설득하기 위해 노력하고 있다. 그들에게 정신의 숭고함을 요구할 수는 없지만, 적어도 비루한 정신이 나라를 대표하지는 않았으면 좋겠다. 이것이 어찌 정치인들만의 문제겠는가. 우리 역사가 지향해야 할 방향을 초월의 관점에서 제시해야 할 책임이 있는 종교조차 정신의 위대함을 보이지 못한다면 역사는 쇠퇴할 수밖에 없다.

(2021.07.31.《경향신문》)

3.

추상적인 사랑을 넘어

—

온 세상을 사랑하는 일은 어렵지 않다. 그런 사랑은 대개 관념 속에 존재한다. 세상에서 벌어지는 참극을 보면서 애달파 하고, 고통을 겪는 이들의 소식이 들려올 때마다 우리는 가슴 아파한다. 때로는 하나님께 왜 이 무정한 세상을 그냥 버려두시냐고 하소연하기도 한다. 조금 시간이 지나면 또 다른 아픔에 눈을 돌리며 똑같은 탄식을 반복한다. 세상의 고통을 모른 척하지 않는 자신이 꽤 괜찮은 사람이라는 생각을 품기도 한다. 하지만 가까이에 있는 이들을 사랑하고 돌보는 일은 쉽지 않다. 그들이 누군가의 도움을 필요로 하는 이들이라면 더욱 그렇다. 그들이 공간적으로 멀리 떨어져 있거나, 인터넷 공간에만 머물고 있다면 상관없다. 문제는 우리가 산뜻하게 유지하고 싶은 일상의 공간에 그들이 틈입할 때다. 그때마다 우리는 경계심을 품고 대하거나, 마음의 담을 쌓아 그를 밀어내려고 한다. 환대란 타자에게 자리를 주는 것이라는데, 우리는 환대의 의무를 소홀히 할 때가 더 많다.

세상의 아픔을 차마 그냥 보고 넘기지 못하는 이들이 있다. 때로는 모욕을 당하기도 하고, 위험에 빠지기도 하면서도 고통 받는 이웃들의 삶 속으로 뛰어드는 이들의 모습에서 우리는 언뜻 드러나는 하늘을 본다. 그런 이들이야말로 무정하고 사나운 세상을 보고 진노하시는 하나님의 팔을 붙드는 사람들이다. 우리는 이웃 사랑이라는 당위와 곤경에 처한 이들과 연루되고 싶지 않다는 이기적 자아 사이에서 바장인다. 조금씩이라도 당위의 방향으로 몸을 틀때 새로운 삶의 지평이 열리건만 대개는 옛 삶의 인력에서 벗어나지 못한다. 당위와 현실 사이의 거리가 양심을 괴롭힐 때 우리는 선을 행하지 못하는 이유를 만들어낸다. 고통을 개별화시키거나, 개인의 선한 행동으로 세상이 변하지는 않는다고 생각하는 것이다. 이런 논리에 사로잡힌 이들은 아흔아홉 마리의 양을 산에 남겨두고 길 잃은 양 한 마리를 찾아나서는 목자가 무책임하다고 생각할 수밖에 없다.

　스스로 주류에 속한다고 생각하는 사람들은 변방에 머무는 이들의 아픔을 헤아리려 하지 않는다. 대의를 위해 작은 희생쯤은 감수해야 한다고 말하기도 한다. 예수께서 많은 표징을 행하면서 사람들의 시선이 그리로 몰리자 공의회가 소집되었다. 지도자들은 기존 질서의 토대를 흔들고 있는 예수를 그대로 두면 모두가 그를 믿게 될 것이고, 그렇게 되면 로마 사람들이 와서 자기들을 약탈할 것이라고 서로 말한다. 민족 전체의 안위가 걸려 있는 것처럼 포장하고 있지만 그들이 염려하는 것은 실은 자기들이 누리는 특권의 해체였다. 그때 그해의 대제사장인 가야바가 말했다. "당신들은 아무것도 모르오. 한 사람이 백성을 위하여 죽어서 민족 전체가 망하지 않는 것이, 당신들에게 유익하다는 것을 생각하지 못하고 있소." 한 사람의 희생으로 민족 전체가 위기에 빠지지 않을 수 있다면 당연히 그쪽을 선택해야 한다는 말이다. 그의 셈법은 간단하다. 개인은 전체를 위해 희생될 수도 있다는 것이다. 이 교묘한 논리는 악마적이다. 희생되어야 할 개인 가운데서 자기들은 제외하고 있기 때문이다. 전체주의는 늘 이런 방식으로 작동된다.

    헤셸은 전체주의적 발상이 얼마나 비성경적인 것인지를 설명하면서 한 가지 예를 들려준다. 막강한 적들이 도시를 점령한 후 모여 있는 여자들에게 말하기를 "너희 모두 욕보지 않으려면 너희 가운데 하나를 우리에게 보내라"고 한다면 어떻게 할 것이냐는 것이다. 그는 적들이 와서 모두를 욕보이게 할지언정 어느 한 여자를 뽑아서 욕보게 해서는 안 된다고 말한다. 이것이 성경의 정신이라는 것이다. 상황이 위급할 때면 우리는 누군가를 희생시킴으로 나의 안위를 보장받고 싶어 한다. 인지상정이다. 그러나 그래서는 안 된다. 두렵고 떨리지만 한 사람을 희생시키지 않기 위해 위험을 무릅쓸 때 우리는 비로소 신뢰 사회를 만들 수 있다. 남을 살리기 위해 자기를 희생하신 그리스도의 사랑이 우리를 구원했다고 고백하는 사람들에게 요구되는 것은 이런 용기다. 추상적인 사랑 담론에서 벗어나 우리 곁에 다가온 사람 하나에게 성심을 다할 때 문득 새 하늘과 새 땅이 열리고 있음을 알게 될 것이다.

〈2021.07.31.《경향신문》〉

4.
불확실한 '사계'

—

    사람들이 음악을 듣는 이유는 각기 다르겠지만, 내 경우는 음악의 치유 능력을 신뢰하기 때문이다. 일상이 무겁고 답답할 때 아르보 패르트의 〈거울 속의 거울Spiegel Im Spiegel〉을 반복해서 듣는다. 그 고요한 선율에 몸과 마음을 맡기고 있노라면 어느새 고적한 평화가 찾아온다. 마음 깊은 곳에서 불평이 슬그머니 솟아나올 때면 바흐의 칸타타 〈나는 만족합니다Ich habe genug〉를 듣는다. 눈을 감고 귀 기울여 듣는 동안 내 마음에 짙게 드리웠던 어둠은 서서히 스러지고 삶에 대한 감사가 떠오른다. 음악은 우리가 일상 너머의 세계를 바라보는 창문이 되어준다. 현실이라는 중력에 붙들려 사는 이들을 잠시나마 자유롭게 해준다.

18세기 이탈리아 작곡가 비발디의 바이올린 협주곡
〈사계Le quattro stagioni〉는 클래식을 잘 모르는 이들에게도 아
주 익숙한 곡이다. 봄·여름·가을·겨울, 사계절의 풍경을
머리에 그리며 듣노라면 우리가 자연의 일부임을 느끼기
마련이다. 즐거운 새소리, 졸졸 흐르는 시냇물 소리, 나뭇
잎이 수런대는 소리, 쏟아지는 소나기, 번개와 뇌성, 사람
들이 흥청대며 추수의 기쁨을 노래하는 풍경, 느닷없이 찾
아오는 고요함, 차가운 바람 소리, 얼음 위를 걷는 사람들,
난롯가에서 이야기를 나누는 사람들. 계절의 순환은 삶의
풍경을 다채롭게 만든다.

그러나 지금 우리는 사계의 질서가 교란된 세상에서 살
고 있다. 조화롭던 계절의 순환이 무너지면서 예측할 수
없는 자연 재해가 빈발하고 있다. 기후변화 문제는 지구촌
이 직면한 중대하고도 전면적인 위기이다. 경고의 소리가
도처에서 들려오지만 사람들은 그 소리에 귀를 기울이려
하지 않는다. 지금 당장 더 많은 것을 누리며 사는 일에 온
통 몰두할 뿐이다. 타이태닉호가 빙하와의 충돌을 피할 수
없었던 것처럼 인류는 지금 몰락의 길을 향해 질주하고 있

는 것이 아닐까? 학자들이 위기의 징후로 제시하는 통계 수치나 그래프, 그들이 생산해내는 위기 담론은 경청되지 않고 있다.

엊그제 뮤직앤아트컴퍼니가 주관한 〈사계 2050〉 연주회에 다녀왔다. 2050년 서울의 예상 기후 데이터를 바탕으로 인공지능AI이 알고리즘을 생성하여 편곡한 곡이 무대에 올려졌다. 비발디가 작곡한 원곡의 흔적은 남아 있었지만 그 흐름은 확연히 달랐다. 기괴하고 음산하고 심란했다. 화성은 뒤틀려 불안감을 자아냈고, 지역의 생물종 멸종 위험을 나타내기 위해 제거된 음들 때문에 음악의 연속성이 무너졌다. 강수량의 감소 가능성에 따라 악장의 음악 속도가 느려져 어둡고 음산한 느낌이 들었다. 단속적으로 끼어드는 타악기 소리가 불길한 느낌을 자아냈다. 한 시간 가까이 이어진 연주 내내 첼로와 피아노 연주자를 제외하고는 모두 서서 연주했다. 그 모습이 마치 안절부절 못해 서성이는 사람들처럼 보였다.

우리가 사는 장소와 풍토는 정서의 원료인 동시에 뿌리다. 극 지방에 사는 사람과 열대 지방에 사는 사람의 정서가 같을 수 없다. 도시에서만 자란 사람과 농어촌에서 어린 시절을 보낸 사람의 정서 또한 다르다. 계절에 대한 감각이 달라질 때 혹은 기후와 맺는 삶의 방식이 달라질 때 세상을 대하는 우리의 태도 또한 달라질 수밖에 없다. 음울하기 이를 데 없는 〈사계 2050〉은 머지않은 장래에 우리가 맞이하게 될 세상에 대한 음악적 예언인 동시에, 좋았던 시절을 반추하는 일종의 애가처럼 들렸다.

정부는 2050년까지 국내탄소순배출량을 '0'으로 줄이고, 2030년 국가 온실가스 감축 목표를 2018년에 견줘 40퍼센트로 낮추겠다는 비전을 내놓았다. 많은 이가 비현실적이라고 말한다. 그런 목표는 가난한 이들의 희생을 전제로 하는 것이라는 지적도 있다. 그 때문에 정의로운 전환에 대한 논의 또한 활발하다. 시간이 촉박하다. 우리는 점점 벼랑 끝으로 내몰리고 있다. 대체로 사람들은 기후위기가 심각하다는 사실은 인정한다. 그러나 선뜻 지금의 삶의 방식을 바꾸려하지는 않는다. 비관주의와 낙관주의가 동시에 작동된다. 어떤 이들은 문제의 크기에 비해 우리가 할 수 있는 일이 많지 않다고 생각한다. 또 다른 이들은 인류가 지금껏 그래왔듯이 전문가들이 결국 문제를 해결할 거라고 생각한다. 할리우드 재난 영화를 너무 많이 보았기 때문일까? 할 수 있기 때문이 아니라, 해야 하기 때문에 해야 할 일이 있다. 결과가 보장되었기 때문이 아니라 그렇게 사는 것이 옳기에 해야 하는 일 말이다. 〈사계 2050〉의 곡명은 〈(불확실한) 사계〉이고, 작곡자는 '인류'였다. 인류는 이제 새로운 곡을 짓기 시작해야 한다.

〔2021.10.23.《경향신문》〕

5.

둥근 꼴을 이루어 추는 춤으로서의 삶

—

「천국에는 아라비아 숫자가 없다」 시인 고진하의 시 제목이다. 시의 내용을 살필 겨를도 없이 제목이 상기시키는 기억의 편린들이 우련하게 떠올랐다. 아라비아 숫자는 일종의 기호일 뿐이지만 사람들은 그 숫자 때문에 희망을 품기도 하고 절망에 빠지기도 한다. 행여 누가 볼세라 몰래 열어보던 성적표에 적힌 시험 점수와 석차가 떠오른다. 중학교 시절, 담임선생님은 교실 뒤에 일흔두 개의 못을 박고 그 달의 성적순으로 이름표를 걸어두었다. 자리가 뒤로 밀릴 때마다 아이들은 모멸감에 치를 떨었다. 지금은 도저히 상상조차 할 수 없는 일이지만 그때는 그 폭력적 현실에 순응할 수밖에 없었다.

아라비아 숫자는 사람들을 일렬로 세워 계층화한다. 성인이 되었다고 하여 아라비아 숫자로부터 해방되는 것은 아니다. 연봉, 타고 다니는 차의 배기량, 살고 있는 집의 평수는 사람들을 가시적으로 서열화한다. 주식 시황판을 눈이 빠져라 바라보는 이들은 점멸하는 숫자를 보며 한숨을 내쉬기도 하고 탄성을 지르기도 한다. 아라비아 숫자는 사람들을 우쭐거리게 만들거나 주눅 들게 만든다. 아라비아 숫자는 힘이 세다. 하지만 아라비아 숫자가 할 수 없는 일도 많다. 사람의 품격이나 아름다움, 공감 능력, 책임감, 우정, 사랑 등을 계량화하는 것은 불가능하지 않던가.

수학능력 시험이 끝났다. 51만 명 가까운 수험생들 가운데는 오랫동안 입고 있던 구속복을 벗은 것처럼 홀가분함을 만끽하는 이들도 있겠지만, 절망과 자책 속에서 무자맥질하는 이들도 있을 것이다. 왠지 운명으로부터 모욕당한 것 같고, 자신의 인간으로서의 가치를 부정당한 것 같은 느낌이 들 수도 있다. 그 한 번의 시험 결과가 자기 미래를 결정할지 모른다는 두려움 때문이다. 이때의 두려움은 주입된 두려움이다. 두려움은 성찰을 방해하고 사람을 마비시켜 다른 삶을 상상하지 못하게 만든다. 하지만 세상이 만들어놓은 질서와 규율을 유쾌하게 위반해본 이들은 아라비아 숫자가 지배하는 세상과는 전혀 다른 세상이 있음을 자각한다. 의외로 쏠쏠하고 멋진 세상 말이다.

매튜 폭스는 세상에는 두 종류의 삶이 있다고 말한다. 하나는 사다리 오르기로서의 삶이다. 이런 삶을 선택한 이들은 늘 경쟁에 내몰린다. 오르려는 이들은 많고 기회는 적기 때문이다. 가끔은 앞선 이들을 끌어내리기도 하고 뒤따라오는 이들을 짓밟기도 한다. 승자와 패자가 갈리고, 적대감과 원망이 마치 공기처럼 주변을 떠돈다. 승자들은 많은 것을 누리며 자기들은 그럴만한 자격이 있다고 생각한다. 권력에 도취된 사람들은 자기보다 못하다고 여기는 이들을 모욕하고 멸시한다. 도스토옙스키는 자신의 시베리아 유형 생활을 담은 책 『죽음의 집의 기록』에서 권력은 인간을 눈멀게 한다면서 이렇게 말한다. "포악함은 습관이 된다. 이것은 차차 발전하여 마침내는 병이 된다. 나는 아무리 훌륭한 인간이라 해도 이러한 타성 때문에 짐승처럼 우매해지고 광폭해질 수 있다고 생각한다." 세속적인 성공이 곧 사람의 품격을 보장해주는 것은 아니다. 능력주의 사회에는 인간적 따스함이 깃들 여지가 별로 없다.

218

사다리 오르기로서의 삶과 구별되는 삶의 방식이 있다. 원무, 즉 둥근 꼴을 이루어 추는 춤으로서의 삶이다. 야수 파 화가인 앙리 마티스의 〈춤〉을 떠올려보면 좋겠다. 초록 색 대지와 푸른 하늘을 배경으로 알몸의 여인들이 춤을 추 고 있다. 색채는 강렬하고 구도는 단순하다. 선은 한껏 자 유로워 여인들이 느끼는 기쁨과 에너지가 그대로 드러난 다. 다섯 명의 여인들은 서로 손을 잡은 채 원을 이루고 있 다. 원은 높낮이가 없다. 원무의 기쁨 속에 녹아든 이들은 저 바깥에서 슬픈 표정을 짓고 있는 이들을 자기들의 춤 속으로 기꺼이 맞아들인다. 함께 손을 잡는 순간 원은 더 커지고 기쁨 또한 증대된다. 분열된 세상에서 하나 됨을 맛볼 수 있다는 것은 얼마나 놀라운 일인가. 확대된 욕망 을 동력으로 삼는 소비사회에서 이런 삶은 불가능한 것처 럼 보인다. 그렇게 보이는 까닭은 우리가 길들여졌기 때문 이다. 자족하는 마음은 소비사회에 대한 가장 급진적인 저 항이다.

헨리 데이비드 소로Henry David Thoreau는 만일 어떤 사람 이 자신의 동료들과 발을 맞추지 않는다면 그는 아마도 다 른 북소리를 듣고 있는 것일 거라고 말했다. 다른 북소리 에 맞춰 걷는 사람들이야말로 질식할 듯한 현실에 틈을 만드는 사람들이라 할 수 있지 않을까? 자학과 자기 연민에 침잠하기를 거부하고 일어선 이들을 통해 새로운 희망이 세상에 유입된다.

(2021.11.20.《경향신문》)

6.
가슴에 기둥을 세워주신 분

—

    서울에 처음 올라와 아직 낯설기만 할 때 집안 어른이 내게 골목 어귀에 있는 가게에 가서 담배 한 갑을 사오라 이르셨다. 초등학교 4학년이라곤 하지만 어수룩한 태를 내고 싶지 않았다. 골목길을 걸어가며 몇 번이나 서울말 연습을 한 후 마침내 가게 주인에게 또박또박 말했다. "담배 한 갑 주세요." 하지만 가게 주인의 응답은 나를 좌절시켰다. "너 시골에서 왔구나?" 굳이 그렇게 지적을 해야 했는지 모르겠으나 서울살이가 만만치 않을 거라는 생각이 문득 들었다. 시골학교에서 서울로 전학 갈 때 커다란 대포알을 잘라 만든 종을 울려 전교생을 운동장에 불러 모으고는 나의 장도壯途를 축하해주셨던 교장 선생님이 떠오르며 아뜩한 기분이 들기도 했다.

부모님은 어쩌자고 눈 뜨면 코까지 베인다는 서울에 막내아들을 올려 보내셨는지 모르겠다. 문화적 충격이 컸다. 시골에서는 학교에 갈 때 한 동네에 사는 사촌 누이와도 거리를 두고 걸었다. 그것도 신작로 좌우편으로 갈라선 채. 서울은 달랐다. 반은 남반 여반 구별되어 있었지만 운동장에서는 남녀 학생들이 스스럼없이 어울려 놀았다. 동네에서도 마찬가지였다. 그 못지않게 내게 놀라웠던 것은 체육 시간이었다. 그때 처음으로 진짜 공을 보았다. 시골에서 가지고 놀던 공이래야 기껏 돼지 오줌보에 바람을 넣은 게 전부였다. 마을의 어느 집에서 돼지를 잡는 날은 아이들에게도 축제였다. 쉽게 닳을까 무서워 돼지 오줌보 공에 새끼줄을 정교하게 감기도 했다. 그런데 진짜 공이라니. 별천지였다.

그러나 부모님을 떠나 사는 서울생활이 조금은 외로웠다. 따뜻한 돌봄이 그리웠다. 가장 큰 문제는 몸이 아플 때 혹은 어려움이 닥칠 때 그것을 홀로 견뎌야 했다는 사실이다. 연탄가스를 맡고 쓰러졌을 때도 혼자였고, 한강물이 범람해 방까지 밀려왔을 때도 홀로 그 시간을 견뎌야 했다. 견디기 위해 나 자신에게 늘 질문을 던지곤 했다. "야, 이게 네가 견딜 수 있는 최대의 고통이야?" 그때마다 나는 "아니"라고 스스로 대답했다. 아픔에서 헤어 나오지 못하는 와중에도 스스로 대견하다고 느낄 때도 있었다. 그렇다고 하여 그늘조차 없었을까?

5학년 때 만난 담임선생님은 그런 나를 눈여겨보셨던 것 같다. 다른 아이들 앞에서 주눅 들지 않도록 세심하게 배려해주셨다. 선생님은 역할극으로 수업을 진행할 때가 많았는데, 늘 내게 좋은 역할을 맡기곤 하셨다. 도산 안창호가 되어 방황하는 젊은이들을 격려할 때도 있었고, 민족이 직면한 문제를 부둥켜안고 고민하던 춘원 이광수의 역할을 할 때도 있었다. 그런 선생님에게 약한 모습을 보이고 싶지 않았다. 운동장에서 축구를 하다가 넘어져 무릎이 까져 피가 흘러내려도 아무렇지 않은 듯 달리고 또 달렸다. 학년을 마칠 때 선생님은 반 학생 80명 모두에게 상장을 주며 격려하셨다. 우등상, 개근상, 품행상, 저축상만이 아니었다. 상장에는 아이들 각자의 특성이 적혀 있었다. 내가 받은 상장에는 '감투상'이라는 상명이 적혀 있었다. 과감하게 싸우는 사람이라는 뜻이겠다. 우리 속에 갇혀 있을 수도 있었을 특성이 누군가의 호명을 통해 드러나기도 하는 법이다. 그 상장을 받던 날부터 나는 그 단어에 걸맞은 사람이 되려고 애써왔던 것 같다. 그 상은 사는 동안 내가 받았던 상 가운데 최고의 상이었다.

사는 동안 어려운 고비가 왜 없었겠는가? 인생은 선택이다. 스스로 선택한 길도 걷지만, 길이 우리를 선택할 때도 있다. 자기 의지와 상관없이 맡아야 하는 역할이 있지 않던가. 우연처럼 주어진 일들을 마치 내가 선택한 삶인 듯 살아내는 게 어쩌면 인생의 지혜인지도 모르겠다. 하지만 변함없이 굳건한 확신 속에서 사는 사람은 없다. 어긋나가고, 미끌어지고, 길을 잃어버릴 때도 많다. 일탈에의 욕망에 확고히 사로잡히기도 한다. 마음에 후림불이 당겨지면 스스로를 통제하기 어렵다. 불확실한 시간을 견디느라 안간힘을 쓰다 보면 밑도 끝도 없는 공허감이 슬그머니 떠올라 실력 발휘를 할 때도 있다. 푸접 없는 세상살이에 지쳐 모든 것을 내려놓고 멋대로 살고 싶은 생각이 들 때면 소싯적에 받은 '감투상'을 떠올린다. 아직은 그 상을 받은 사람답게 살고 싶다. 반세기하고도 여러 해가 지났다. 허릅숭이 제자의 가슴에 든든한 기둥 하나를 세워주신 나의 선생님, 이재진 선생님, 고맙습니다.

(《월간에세이》1월호)

7.

통속적 현실주의를 넘어

—

지방 선거가 끝났다. 승자들은 기쁨의 축배를, 패자들
은 선거 국면을 반추하며 쓰디쓴 잔을 들고 있을 것이다.
후일담들이 쏟아지고 있다. 희망의 말들과 절망의 말들이
교차한다. 유세 기간 중 후보들과 지지자들이 쏟아낸 조롱
과 비난, 분노와 분열, 냉소와 혐오의 말들이 홍수에 떠밀
려 온 부유물처럼 우리 곁을 맴돌고 있다. 정치에서 품격
을 논하는 자체가 이상한 시대가 되고 말았다. 품격이 사
라진 정치 마당은 분열적이고 파괴적이다. 진영 논리에 사
로잡히는 순간 상대편의 말은 경청 되지 않는다. 정체성
정치가 지배하는 순간 연대의 정치는 불가능해진다. 그런

폭력적 파당 정치에 신물이 난 이들은 정치 혐오 계층으로 남는다. 정치적 무관심 혹은 혐오가 깊어갈수록 정치꾼들이 설 땅이 넓어진다.

투표라는 행위가 종료되었다 해서 시민들의 역할이 끝난 것은 아니다. 정치인들이 약속한 것을 이행하는지를 눈을 크게 뜨고 지켜보아야 한다. 물론 그들이 약속한 모든 일들이 다 선하지는 않다. 공익에 위배되거나 사회적 취약 계층을 벼랑으로 내모는 공약은 철회할 것을 요구해야 한다. 너무나 쉽게 공약을 다 지킨다는 것은 불가능하다는 사람들의 말에 동의한다. 비정상을 용인하는 셈이다. 통속적 현실주의가 마땅히 지켜져야 할 도덕적 원리를 압도하고 있는 형국이다.

도덕성에 대한 감각이 사라질 때 세상은 보이지 않는 전선이 되고 만다. 그 전투의 현장에서 사람들은 개별화되고 스스로 취약하다고 느낀다. 불안, 불확실함, 불안정, 두려움, 고립감이 그물처럼 확고하게 그들을 사로잡는다. 정치꾼들은 사람들의 그런 소외감을 타자에 대한 적대감으로 바꾸어 자기 설 자리를 만든다. 사람들 사이의 분쟁을 조정하고, 끊어진 관계를 복원시켜주고, 벼랑 끝에 내몰린 이들의 설 땅이 되어야 할 정치가 오히려 갈등을 심화 혹은 영속화시키고 있지 않은가? 정치가 잘못된 길로 갈 때 종교가 할 일은 역사가 지향해야 할 바른길을 가리켜 보이는 일이 아닐까? 비판적 기능을 잃고 종교가 정치에 순응할 때, 그래서 부적절한 야합이 일어날 때 역사는 파국을 면하기 어렵다.

기원전 6세기, 바벨론 왕 느부갓네살이 대군을 이끌고 유대 땅을 유린하여 거의 모든 성읍이 무너졌을 때, 유다 임금 시드기야는 아무것도 할 수 없다는 무력감에 사로잡혔다. 예루살렘의 안위도 장담할 수 없던 때 그는 비상한 조처를 생각해냈다. 시드기야는 고관들을 불러 모아 놓고 집집마다 거느리고 있던 히브리 노예들을 풀어주자고 제안한다. 율법은 동족인 히브리인들을 종으로 삼는 것을 엄격하게 금지하고 있지만, 그 명령은 지켜지지 않았다. 왕과 고관들은 그 급박한 상황 가운데서 히브리 종들을 방면해 하나님을 경외한다는 사실을 입증함으로 하나님의 호의를 얻고 싶었던 것이다. 왕과 고관들은 성전에서 제물의 몸을 두 쪽으로 갈라놓고 그사이를 걸어감으로 언약을 체결했다. 그 약속을 지키지 않을 경우 제물과 같은 운명을 받아들이겠다는 자기 저주의 선언인 셈이었다.

그런데 갑자기 상황이 변했다. 국경 지역에 대한 지배권을 회복하기 위해 애굽이 군대를 파견하자 느부갓네살은 그에 맞서기 위해 예루살렘 포위를 풀고 군대를 남쪽으로 이동시켰다. 위기의 시간이 지나갔다고 생각했던 것일까? 시드기야와 고관들은 방면했던 히브리 종들을 다시 잡아들였다. 그들의 행위가 하나님의 눈에 거슬렸다. 하나님은 칼과 기근과 전염병을 자유롭게 풀어놓아 예루살렘을 치게 했다. 시드기야는 포로가 되어 눈이 뽑힌 채 바벨론으로 끌려갔고, 유다의 역사는 결국 막을 내리게 되었다. 허릅숭이들이 지도자인 척할 때 역사는 퇴행을 거듭할 수밖에 없고 시민들의 삶 또한 결딴난다. 공적인 약속은 지켜져야 한다. 그것이 설사 자기 이익에 반한다 해도 그렇다. 약속이 지켜질 때 사회의 토대인 신뢰가 구축된다.

라틴어로 종교를 뜻하는 렐리기오는 딱히 뭐라고 특정하기는 어렵지만 인간이 자기 삶과 행위에 대해 느끼는 꺼림칙한 느낌 혹은 주저함을 의미한다고 한다. 무한함 앞에서 자기가 얼마나 미소한 존재인지를 알아차릴 때 사람들은 경외심을 느낀다. 아름다움 앞에 설 때도 마찬가지다. 종교는 자기 욕망을 이루기 위해 신적 호의를 얻어내기 위한 장치가 아니다. 비열함과 천박함이 욕망의 옷을 입고 거리를 횡행하는 시대다. 타자의 복지에 대한 관심과 깊은 공감, 정의와 자비에 대한 헌신이야말로 우리가 놓치지 말아야 할 도덕성의 핵심이다.

(2022.06.01.《경향신문》)

8.

가끔은 흔들려도 괜찮다

—

　많이 사용하여 잠긴 목을 풀어주려고 잠자리에 들기 전 꿀 한 스푼을 먹었다. 다음 날 아침, 탁자 위로 지난밤에 본 적이 없는 검은 줄 하나가 눈에 띄었다. 불을 켜고 보니 개미였다. 스푼과 덜 닫힌 꿀통을 개미가 점령하고 있었다. 작은 부주의가 만든 낯선 그러나 있을 법한 풍경이었다. 개미의 행렬이 처음부터 일직선이었던 것은 아니었다. 수많은 시행착오를 거치며 개미 떼는 꿀통과 개미집 사이의 최단거리를 발견했을 터이다.

　가만히 생각해보면 사는 것도 마찬가지다. 모든 것이

불확실한 상황 속에서 한 걸음 한 걸음 종작없이 걷다 보면 자기도 모르는 사이에 삶의 지향이 생기고 생각의 결이 만들어진다. 의도적으로 선택하진 않았지만 상황의 요구에 응답하면서 형성된 입장도 있다. 어쩌면 '나'라고 하는 것은 타고난 바탕 위에 시간과 상황이 그려낸 무늬인지도 모르겠다. 그 무늬를 가장 잘 보는 사람은 본인이 아니라 다른 이들이다. 다른 이들 앞에 현전한 내 모습은 그들에게는 해석을 위한 텍스트인 셈이다. 우리가 타인들의 평가에 민감한 것은 그 때문이다.

내 의지와 무관하게 조금 이름이 알려진 사람이 되자 불편한 일이 하나둘이 아니다. 공적인 자리에 선다는 것은 다른 이들의 시선을 견뎌야 한다는 말이다. 가끔 그 시선은 우리에게서 자유를 앗아간다. 우리를 향해 발화되는 말도 마찬가지다. 비난의 말이든 상찬의 말이든, 타인들의 말에 민감해지는 순간 허위의식이 작동되기 쉽다. 진실을 찾는 여정 가운데서 외로움을 느끼는 이들이 다가올 때면 언제든 곁을 편하게 내줄 수 있지만, 과도한 기대와 열정을 가지고 다가오는 이들은 선뜻 맞아들이기 어렵다.

가끔 내게 존경심을 표현하는 이들이 있다. 그 마음을

고맙게 받지만 돌아서는 순간 나 자신에게 말한다. "너 알지. 네 실상을." 존경받을 만한 것이 내게 없음을 너무나 잘 알기 때문이다. 눈에 띄는 악행을 저지르지는 않았다 해도 우리 속에는 언제든 발화될 수 있는 악의 가능성이 있다. 거칠고 메마른 사막에 비가 내리자 모래 속에 숨어 때를 기다리던 씨앗들이 일제히 발아해 꽃이 피어난 광경을 본 적이 있다. 지금 우리가 다소 선한 것처럼 보인다면 악이 발화할 계기가 미뤄지고 있기 때문이다. 그것을 알기에 늘 조심스럽다.

성경은 끊임없이 우상 숭배를 경계한다. "너희 가운데 다른 신을 두지 말며, 이방신에게 절하지 말아라."(시 81:9) '다른 신'은 밖에만 있는 것이 아니다. 우리 속에서 우리를 지배하는 다른 신이 있다. 자기를 크게 여기는 마음이다. 자기 찬미는 일종의 우상숭배다. 다른 어떤 유혹보다 매혹적이기에 더욱 위험하다. 어느 자리에 가든 지도자를 자처하는 이들이 있다. 그들의 언행은 당당하고 거침이 없다. 삼가거나 주저하는 태도를 찾아보기 어렵다. 자기 영향력이 크다는 사실을 자각하는 순간 그의 논조는 더욱 권위적이 된다. 그는 확신에 차 있지만 그렇다고 하여 그가 진리에 가깝다고 말할 수는 없다.

"칭찬은 사람됨을 달아볼 수 있다"(잠 27:21)는 히브리 지혜자의 말은 얼마나 두려운 말인가? 칭찬을 당연한 것으로 수용하는 순간 영혼의 전락이 시작된다. 예수님은 "또 너희는 지도자라는 호칭을 듣지 말아라. 너희의 지도자는 그리스도 한 분뿐"(마 23:10)이라 하셨다. 스스로 지도자로 자처하는 순간 진리로부터 멀어지기 마련이다. 루블린의 랍비 야코브 이츠학이 어느 날 제자들과 자기를 따르는 이들에게 말했다. "온 세계가 나서서 내가 참된 짜딕 즉 의로운 사람이라고 말한다 해도 나는 그 말을 믿지 않는다. 설사 하늘의 천사들이 그 말을 되풀이한다 해도 나는 여전히 그 말을 받아들이지 않을 것이다. 하지만 정말 있을 수 없는 일이지만 창조주께서 — 찬미 받으소서 주님 — 내가 그렇다고 하신다면 나는 별수 없이 그분의 말씀을 받아들일 수밖에 없다. 그러나 단 1분 동안만 그럴 것이다."

　가끔은 흔들려도 괜찮다. 다만 흔들리면서 지향을 잃지는 말아야 한다. 흔들리면서 정북을 가리키는 나침반처럼 우리는 푯대이신 분을 가리켜 보이는 사람임을 잊지 말아야 한다.

(2022.06.08.《국민일보》)

9.

사회적 자본의 저장소

—

    유대교 랍비인 나오미가 『아인슈타인과 랍비』라는 책에서 들려주는 이야기다. 70대 중반에 이른 할아버지에게 갑자기 우울증이 찾아왔다. 하루 종일 의자에 앉아 사람을 빤히 쳐다보기만 하실 뿐 아무 일에도 의욕을 보이질 않았다. 사랑하는 사람과 일평생을 함께했고, 아들딸과 손자 손녀들로 대가족을 이루고 있었고, 사업 또한 번창했고, 건강 또한 좋았다. 우울증에 빠질 이유가 없다고 느낀 엄마가 할아버지께 여쭈었다. "아버지 왜 그러세요? 무슨 일 있으세요?" 잠자코 계시던 할아버지가 대답했다. "이제 아무도 없다!" 그리고 "키비츠kibbitz 할 사람이 하나도 없다"

고 덧붙였다. 그에게 결핍된 키비츠란 무엇일까?

'키비츠'는 이디쉬어로 친구들과 격의 없이 지내는 모든 것을 두루 일컫는 단어다. 몰려다니며, 농담하고, 수다를 떨고, 놀리고, 이야기하고, 마음의 짐을 풀어놓고, 귀기울여 들어주고, 킬킬거리는 등의 일들 말이다. 하찮고 사소해 보이지만 키비츠의 시간은 무의미하지 않다. 오히려 목적 지향적인 삶과 의미 추구의 무거움을 지탱해주는 든든한 버팀목 역할을 할 때가 많다. 삶은 의미와 무의미, 당위와 현실, 경쟁과 협동, 역할과 노릇 사이에서 이루어진다. 격렬한 운동을 하거나 힘든 노동을 한 후에 몸에 쌓인 피로 물질을 적절히 풀어내야 하듯이, 우리 정신에 알게 모르게 누적된 무거움을 풀어놓아야 건강한 삶을 누릴 수 있다.

268명의 하버드대 학생을 대상으로 한 장기 연구 프로젝트인 '그랜트 연구'는 1938년부터 시작되어 지금까지 80년 이상을 이어가고 있다. 실험 참가자들의 성격, 지성, 건강, 습관, 관계 등이 풍요로운 삶에 어떤 기여를 하는지를 알아보기 위한 연구였다. 30년 이상 그 연구를 이끈 베일런트 박사는 그랜트 연구 결과로 얻은 교훈이 뭐냐는 질문에 "삶에 진정으로 중요한 것이 있다면 그것은 다른 이들과 맺는 관계"라고 대답했다. 친밀한 관계가 돈이나 명예보다 중요했고, 사람들을 행복하게 만들고, 자발없는 삶으로 하강하지 않도록 지켜주고, 육체적으로나 정신적으로도 쇠약해지는 속도를 늦추더라는 것이다.

친밀한 관계를 맺기 위해서는 다른 이들을 맞아들일 여백을 먼저 마련해야 한다. 그러나 어느 때부터인지 허물없이 이웃을 맞아들이기도 했던 집은 지극히 사적인 공간으로 변했고, 모처럼 벗들을 만나도 설면하기 이를 데 없다. 직접 대면보다 익숙한 것은 사회관계망 서비스를 통한 간접적 만남이다. 그 공간에서는 상대방의 글에 '좋아요' '힘내요' '슬퍼요' 등으로 공감을 표현할 수는 있지만, 그의 현실에 깊이 연루되지는 않는다. 안전한 거리가 확보되어 있기 때문이다. 삶의 의미는 다른 이들의 필요에 응답할 때 주어지는 선물이다.

헤셸은 우리가 "절망을 피하는 유일한 길은 자신이 목적이 되는 게 아니라 남에게 필요한 존재가 되는 것"이라고 말했다. 고통받는 타자들의 삶에 연루되기를 꺼리지 않을 때 우리 삶은 확장되는 동시에 상승한다. 상승이란 욕망 주변을 맴돌던 삶에서 벗어나 더 큰 존재의 지평 속에서 세상을 바라봄을 의미한다. 욕망이 삶의 중심이 될 때 우리는 고립을 면하기 어렵다. 부푼 욕망에는 타자를 위한 자리가 없기 때문이다. 철학적 거리두기가 아닌 고립은 타자에 대한 편견과 적대감을 불러일으키고, 적대감에 사로잡히는 순간 세상은 전쟁터로 바뀌기 마련이다.

낯선 이들과 만나고, 그들의 이야기에 귀를 기울이고, 서로의 필요에 응답할 때 자기 속으로 구부러진 마음은 비로소 바루어진다. 공동체에서 벗어나 홀로 자족하는 신앙인보다는 어떤 동기에서든 공동체 예배에 참여하는 무신론자가 망가진 세상을 고치고, 시련 속에 처한 이들의 고통을 덜어주기 위한 활동에 참여할 가능성이 크다고 한다. 사람들을 보편적 신뢰의 장으로 초대함으로 낯섦을 넘어 상호 소통하도록 할 때 종교는 사회적 자본의 저장소가 된다.

종교는 주류 담론에 대한 대항 담론으로서의 역할을 할 때 건강하다. 소유의 풍부함이 행복을 위한 유일한 길인 것처럼 우리를 현혹하는 시대정신에 맞서 다른 삶이 가능하다는 사실을 일깨우지 않는다면 그 종교는 죽은 종교일 뿐이다. 이익 사회에서는 결코 만날 수 없었던 사람들이 만나 상호 이해를 도모하고, 함께 만들어갈 세상에 대한 비전을 공유하고, 고립을 넘어 연대의 아름다움을 경험할 때 삶이 든든해진다. 부조리와 허무에 대항할 힘이 생긴다.

(2022.07.02.《경향신문》)

10.

품격 있는 언어

—

    매스컴에 자주 등장하는 정치인들에게서 품격 있는 언어를 기대하는 것은 나무에서 물고기를 구하는 것처럼 어리석은 일인지도 모르겠다. 정치 마당이 쟁론의 현장임을 모르지 않지만 모든 논쟁이 분열적이거나 비아냥거림일 필요는 없다. 치열한 탐구 정신, 정확한 정보, 사안에 대한 공정한 이해, 적절한 표현이야말로 설득력의 요체다. 말은 우리가 살고 있는 세상과 현실을 드러내기도 하지만 만들기도 한다. 히브리어 '다바르'는 말이라는 뜻과 사건이라는 뜻을 두루 내포한다. 말은 사건을 일으킨다. 사람은 말로 세상을 짓는다. 친절하고 따뜻한 말이 발화되는 순간 누군가의 가슴에 꽃이 핀다. 거칠고 냉혹한 말은 우리 내면에 얼음 세상을 만든다.

말을 하는 자리에 서기가 두려운 것은 그 말이 일으킬 사건을 예측하기 어렵기 때문이다. 농담처럼 세상의 첫 사람이 만든 문장은 사랑의 고백이었다고 말하곤 한다. 신은 아담을 깊이 잠들게 한 후 그의 갈비뼈 하나를 뽑아 여자를 만든다. 잠에서 깨어난 아담은 자기 앞에 있는 낯설면서도 왠지 낯익은 존재를 보고 탄성을 내뱉는다. "이제야 나타났구나, 이 사람! 뼈도 나의 뼈, 살도 나의 살, 남자에게서 나왔으니 여자라고 부를 것이다." 이 표현은 나의 있음이 너의 있음과 무관하지 않다는 고백이다. 인간은 상호 공속된 존재다. 언어는 사람과 사람 사이를 이어주는 이음줄이 되어야 한다.

그러나 말이 권력으로 변하면서 사정이 사뭇 달라졌다. 언어가 때로는 칼날이나 채찍처럼 사용되기도 한다. 독재자들은 홀로 말하는 사람이다. 그의 주변에 있는 이들에게 허용된 것은 그의 말을 받아쓰거나 앵무새처럼 반복하는 것뿐이다. 다른 말은 허용되지 않는다. 권력자의 눈치나 보는 정치인들의 말은 비루하다. 진실과 자유에 복무해야 할 말이 거짓과 분열과 혼돈을 빚는 일에 더 자주 사용되고 있다. 이런 현상은 정치권에만 한정되지 않는다. 우리 사회의 모든 부문에서 신뢰의 토대가 되어야 할 말들이 제 역할을 하지 못하고 있다.

문화인류학자인 브로나슬라브 말리노프스키Bronislaw Kasper Malinowski는 원초적 차원에서 언어는 행동의 양식이지 사고를 표현하는 단순한 기호가 아니라고 말했다. 사람들은 발화된 말을 곧이곧대로 받아들이지 않는다. 그 말의 이면에 숨겨진 음습한 욕망이나 그가 속한 진영을 살피기에 여념이 없다. 많은 정치인이 자기가 한 말에 책임을 지지 않는다. 여론이 악화되면 비판을 겸허히 받아들인다고 말하며 허리를 숙일 뿐이다. 언론은 그가 허리를 얼마나 깊이 숙였는지 허리 각도까지 언급하며 그의 유감 표명을 받아들일 것을 종용한다. 문제는 진정성이 느껴지지 않는다는 데 있다. 자기 자신을 반복하는 게 인간이다. 가장 깊이 숙인 허리가 오히려 그의 오만과 고집을 보여주기도 한다. 카메라가 꺼진 자리에서 마치 아무 일도 없었다는 듯 실떡거리며 자기 길을 가는 이들이 얼마나 많은가.

논쟁이나 대화는 상대방과 함께 진실을 모색하는 과정

이 되어야 한다. 지그문트 바우만Zygmunt Bauman은 『인간의 조건On the World and Ourselves』에서 대화에 대해 이렇게 말한다. "대화는 타인에 대한 존중에서, 말할 가치가 있는 것을 타인이 갖고 있다는 확신에서 태어납니다. 대화는 타자의 관점, 타자의 의견과 주장이 들어설 자리가 우리 마음속에 마련되어 있다는 것을 보여주는 것입니다. 대화의 태도는 선험적인 유죄 선고가 아니라 진심 어린 수용입니다. 대화를 하려면 방어벽을 허물고 문을 열고 인간적인 친절함을 보여줄 수 있어야 합니다." 정치적 담론의 지평에서 이런 대화가 이루어진 적이 언제인지 기억조차 나지 않는다.

말이 문제다. 아니, 이 말은 그릇된 말이다. 사실 말이 무슨 문제겠는가? 말을 사용하는 사람이 문제지. 성경은 말에 실수가 없는 사람이라야 온몸을 다스릴 수 있는 온전한 사람이라고 말한다. 신은 말씀으로 질서를 창조했지만 인간은 말로 혼돈을 창조한다. 말을 다루는 이들은 재갈을 물려 말을 길들인다. 능력 있는 사공은 거센 바람에 밀리는 배를 키로 조정해 가려는 곳으로 몰고 간다. 혀는 아주 작은 지체에 불과하지만 아주 큰일을 할 수 있다. 그것은 긍정적일 수도 부정적일 수도 있다. 작은 불이 큰 숲을 태우듯이 우리는 말로 세상을 위태롭게 만들곤 한다. 사도

야고보는 그래서 혀는 걷잡을 수 없는 악, 죽음에 이르게 하는 독이라 했다. 사람과 사람 사이를 이어주는 말, 진실과 자유에 복무하는 말, 품격 있는 말, 숙의의 과정을 거친 참된 말이 그리운 시절이다.

(2022.07.30.《경향신문》)

//.
새로운 삶을 시작할 용기

—

　"쥐어짜고 비틀고 박박 긁고 꼭 움켜쥐며 남의 걸 넘보는 늙은 악당", "내면의 한기 때문에 늙은 얼굴은 얼음장처럼 굳고" 남들에게 매몰차기 이를 데 없는 사람. 이 사람은 누구인가? 눈 밝은 독자들은 이미 눈치를 챘겠지만 이 냉혈한은 찰스 디킨스Charles Dickens의 『크리스마스 캐럴』에 나오는 스크루지. 작가는 갈색 대기와 안개가 자욱하게 깔린 런던을 배경으로 크리스마스의 참 의미를 묻고 있다. 모든 일은 7년 전 세상을 떠난 동업자 말리 영감의 유령이 찾아오면서 시작되었다. 그는 허리께에 쇠사슬을 둘러 감고 있었는데 그 쇠사슬에는 돈궤, 열쇠, 맹꽁이자물쇠, 금

전출납부, 각종 증서, 돈가방이 매달려 있었다. 말리는 아주 쓸쓸한 목소리로 자기 허리를 휘감고 있는 쇠사슬을 한 고리 한 고리 자기가 살면서 만든 것이라고 말한다. 말리의 유령은 교회 종소리가 들릴 때마다 크리스마스의 유령 셋이 차례로 찾아올 것이라고 말하고는 자취를 감춘다.

열두 시를 알리는 묵직한 종소리가 울리자 첫 번째 크리스마스의 유령이 등장한다. 그 유령은 스크루지를 데리고 시간을 거슬러 올라간다. 스크루지는 불우했던 소년 시절의 자기 모습을 보며 눈물을 훔친다. 장년 시절의 그의 얼굴은 지금처럼 완고하고 모질지는 않지만 근심과 탐욕의 흔적이 자리 잡기 시작했음을 알 수 있었다. 사람들의 평가에 귀를 기울이고 거기에 맞춰 사는 동안 고결한 꿈은 다 사라지고 오직 돈만 바라보고 사는 자기 모습에 스크루지는 깊은 비애를 느낀다.

두 번째 크리스마스 유령은 스크루지의 주변 사람들의 일상생활 속으로 그를 인도한다. 자기 사무실에서 악조건을 견디며 일하고 있는 밥 크래칫의 집은 크리스마스 만찬을 준비하며 즐거운 흥분상태 속에 있다. 밥의 막내아들 팀의 죽음을 예감하면서 스크루지는 그에게서 눈길을 뗄 수 없었다. 크리스마스 유령은 그를 데리고 각자의 방식으로 크리스마스를 즐기는 광부, 등대지기, 선원들에게로 데려간다. 그리고 무뚝뚝하기 이를 데 없는 삼촌을 끝까지 존중하고 아끼는 조카 프레드 가족의 유쾌한 일상을 보게 한다.

세 번째 크리스마스 유령은 스크루지에게 어느 낯선 사람의 죽음과 주변 사람들의 반응을 보게 한다. 누군지는 모르겠지만 아무도 그를 동정하거나 애도하지 않는 모습을 보며 그는 섬뜩한 느낌에 사로잡힌다. "지금 이 남자가 다시 일어날 수 있다면 맨 먼저 무슨 생각을 할까?" 스크루지는 어느 순간 어둡고 텅 빈 집에 홀로 누워 죽어 있는 것이 실은 자기라는 사실을 알고 소스라쳐 놀란다. 잠에서 깨어난 그는 잘못을 바로잡을 수 있는 시간이 주어졌다는 사실에 무한히 감사한다. "황금빛 햇살, 근사한 하늘, 달콤하고 신선한 공기, 경쾌한 종소리. 오, 즐거워라, 즐거워라!" 인색하고 모질던 사람의 입에서 나온 노래다. 그는 가난한 서기인 크래칫의 집에 커다란 칠면조를 보내고, 자선단체에 거액을 후원하고, 조카 프레드의 집에 가서 크리스마스 만찬을 즐긴다. 소설은 "크리스마스를 제대로 기릴 줄 아는 이가 있다면 단연 스크루지"라고 말하며 끝난다.

자색 옷과 고운 베옷을 입고 날마다 즐겁고 호화롭게 살던 부자는 자기 집 대문 앞에 앉아 있던 거지 나사로를 없는 사람처럼 취급했다. 누구에게나 공평한 죽음이 찾아 왔을 때 부자는 지옥에 떨어졌고 나사로는 아브라함의 품에 안겼다. 고통 속에 있던 부자는 나사로를 시켜 자기 혀에 물 한 방울만이라도 찍어달라고 아브라함에게 청하지만 그럴 수 없다는 싸늘한 대답을 듣는다. 부자는 나사로를 이승에 남아 있는 형제들에게 보내 그들이 고통받는 곳에 오지 않게 경고해달라고 청하지만 그 또한 거절당한다. 그들이 모세와 예언자 들의 말을 듣지 않는다면 누구의 말도 듣지 않으리라는 것이었다.

　　디킨스의 『크리스마스 캐럴』은 부자와 나사로 이야기의 소설적 변형인지도 모르겠다. 스크루지는 자기의 과거와 현재와 미래를 봄으로 변화를 경험했다. 떨어져서 바라보아야 비로소 삶의 전모가 보인다. 크리스마스를 제대로 기린다는 것은 자기 삶을 살피고 새로운 삶을 시작할 용기를 내는 것이다.

(2022.12.21.《국민일보》)

/2.

삶은 기적이다

—

　냉소와 악의가 음습한 안개처럼 우리 주위를 확고하게 감싼다. 끝없이 터져 나오는 기괴한 사건들, 부끄러움을 모르는 우쭐거림, 거친 표정과 혐오의 말들, 여백이 없는 단정적인 언사들, 공공장소에서 다른 이의 존재는 아랑곳하지 않는 무례한 태도. 일상적으로 경험하는 이런 일들로 인해 마치 구정물을 뒤집어쓴 것 같은 느낌이다. 불쾌함이 켜켜이 쌓여 우울의 지층을 이룬다. 이곳저곳 왈큰왈큰 피어나는 꽃들 앞에 서면 그 아름다움에 황홀해지다가도 사람으로 사는 게 부끄럽다는 생각이 떠오른다. 생명이 기적임을 보여주는 징표가 도처에서 나타나는데 사람들은 가르고 나누느라 온 힘을 다한다.

　"단지 아주 나쁜 번호를 뽑았을 뿐 나는 장애자가 아니다. 나는 돌연변이일 뿐이다." 이 말은 세계적인 잡지《엘르》의 편집장이었던 장 도미니크 보비Jean-Dominique Bauby의 말이다. 그는 저명한 저널리스트였고, 자상한 아버지였다. 멋진 생활을 사랑하고 좋은 말을 골라 쓰는 유머러스한 남자였고, 앞서가는 정신의 소유자였다. 누구보다도 자유롭게 살아가던 그는 1995년 12월 8일에 갑작스런 뇌졸중으로 쓰러졌다. 인생의 절정기에 찾아온 최후통첩 같은 사건이었다. 3주 후 의식을 회복했지만, 그가 움직일 수 있는 것은 오직 왼쪽 눈꺼풀뿐이었다. 갓난아이처럼 퇴행한 자기 몸이 더할 나위 없이 비극적으로 느껴져 눈물을 흘릴 때도 있었고, 겨우 50센티미터밖에 안 되는 거리에 얌전히 앉아 있는 아들 테오필을 안아줄 수도 없었다. 그 끔찍한 현실 때문에 감정을 주체할 수 없어 온몸에 경련이 일 때도 있었다. 절망적인 상황이었다.

　하지만 그는 포기할 수 없었다. 사랑스러운 두 아들이 용기를 잃지 않도록 돌볼 책임이 있다는 생각이 들었기 때문이다. 운명에 굴복하기를 거부한 순간 그는 자기에게 남아 있는 가능성에 주목했다. 다행히 정신은 또렷했고 자기를 성찰하며 바라볼 수 있는 내적 능력이 있었다. 그래서 그는 책을 쓰기로 작정했다. 훗날 두 아들이 아버지를 운명의 타격 앞에서도 결코 포기하지 않았던 사람으로 기억해주기를 바랐기 때문이다.

그가 유일한 의사소통 수단인 왼쪽 눈꺼풀을 깜박거리면 비서가 그것을 보고 알파벳을 한 자씩 적어 나갔다. 눈을 한 번 깜빡이면 a, 두 번 깜박이면 b라는 식의 약속이 이루어졌을 것이다. 보비가 15개월 동안 20만 번 이상 눈을 깜박거려 쓴 책의 제목은 『잠수복과 나비 Le Scaphandre et le Papillon』다. 그는 자기의 짧은 인생을 풍자와 유머로서 진솔하게 묘사한다. '잠수복'은 전신이 마비된 그의 상황을 가리키고, '나비'는 세상 어디든 날아가고픈 그의 정신을 상징한다. 전혀 이질적인 두 은유가 한 존재 안에 공존하고 있다.

반복되는 일상을 기쁨으로 향유하는 사람은 많지 않다. 세상에 숨겨진 빛의 순간을 포착하는 데 익숙한 시인들은 일상이 기적임을 노래하지만, 무심하게 시간 속을 걸어가는 이들에게 일상은 벗어나고픈 굴레다. 일상의 소중함은 상실과 박탈의 경험 속에서 드러난다는 사실이 아이러니

하다. '잠수복'에 갇힌 보비의 말이 멀리서 들리는 종소리처럼 울려온다. "지금 현재로서는 끊임없이 입속에 과다하게 고이다 못해 입 밖으로 흘러내리는 침을 정상적으로 삼킬 수만 있다면, 세상에서 가장 행복한 사람이 된 기분일 것 같다." "정상적으로 호흡하는 것만큼이나 가슴 뭉클하게 감동하고 사랑하고 찬미하고 싶은 마음이 솟구친다."

이 광활한 우주 가운데 우리가 없지 않고 있다는 사실 자체가 기적이다. 타인과 자기를 비교하며 우쭐거리거나 주눅이 들지 말아야 한다. 이미 주어진 것을 한껏 향유하는 능력을 발휘하지 못할 때 인생이 무거워진다. 그 결과 행복은 유보되고 감사와 기쁨은 모래 속으로 스며드는 물처럼 잦아든다. 불평과 원망과 투덜거림이 그 빈자리를 채운다. 경탄을 잃어버릴 때 세상은 시장이 된다. 이익과 손해에 대한 발밭은 셈에 집착하는 순간 이웃은 함께 살아야 할 소중한 존재가 아니라 이용해야 할 대상이 된다. 봄은 잠시라도 이해관계라는 틀에서 벗어나 세상 도처에 널린 기적을 보라고 우리를 부른다.

〈2023.03.15.《국민일보》〉

13.

정화가 필요한 시간

—

　먼 산에 물결처럼 번지는 연초록 나뭇잎들의 바림을 황홀하게 바라본다. 장엄한 생명 세계가 그곳에 있다. "골짜기의 신묘함이 사라지지 않는 것을 아득한 암컷이라고 하고, 아득한 암컷이라는 문을 천지의 근본"이라고 했던 노자를 떠올리지 않더라도, 산은 뭇 생명을 품어 안고 기른다. 하지만 미세먼지와 황사는 그 산을 바라보는 우리 시선을 어지럽힌다. 청명한 하늘이 못내 그립다. 가뭄이 지속되면서 도처에서 일어난 산불로 생명의 터전이 무너지고 있다. 집을 잃은 이들의 탄식이 억눌린 함성이 되어 번져 간다. 기후 재앙을 알리는 경고의 나팔 소리가 이미 울렸지만 사람들은 강 건너 불구경하듯 태연하다. 더 많은 소비와 편리한 삶에 대한 욕망이 지구촌의 위기를 해결해야 한다는 공적 책임 의식을 압도하고 있다.

사람들은 너나없이 욕망의 전장에서 살아남기 위해 질주하느라 주변을 살필 여유를 갖지 못한다. 공동체에 대한 신뢰가 무너진 세상에서 사람들을 지배하는 것은 각자도생의 원리다. 세상에 믿을 사람 하나도 없다는 부정적 확신은 삶의 안전장치를 스스로 만들어야 한다는 강박관념 속으로 우리를 밀어 넣는다. 여러 겹의 보안장치를 만들어놓고도 사람들은 불안에 떤다. 불안은 우리에게서 여백을 앗아간다. 유머와 명랑함이 설 자리 또한 없다. 통전성을 잃어버린 마음은 날카롭다. 자기를 찌르기도 하고 남을 찌르기도 한다. 원망과 타자에 대한 혐오감에 사로잡힌 사람일수록 선동에 쉽게 넘어간다. 고립에 대한 불안이 패거리를 짓는 일로 이어진다.

역사가 나아가야 할 방향을 가리켜야 하는 종교가 제 역할을 하지 못하고 있다. 오히려 혐오와 갈등과 분열의 공장 노릇을 하고 있다. 차이를 존중하고 이해와 관용을 통해 더 큰 세계로 역사를 견인해야 할 종교인들이 사소한 차이를 견디지 못한 채 서로를 적대하고 저주하기도 한다. 자기 확신에 찬 종교가 권력욕이라는 용매에 담길 때 광기라는 연기가 피어오른다. 그 연기는 사실과 허구, 진실과 거짓, 공익과 사익 사이의 경계를 흐리게 만든다. "군중은 시장의 가치를 좋아하고 하인은 더 강한 자를 존중할 뿐"이라는 횔덜린의 말이 큰 울림이 되어 다가온다.

　지금은 바야흐로 정화가 필요한 시간이다. 미국의 생태학자인 키머러는 엄마라는 정체성은 자신에게 매우 중요하다고 말한다. 『향모를 땋으며』라는 책에서 로빈은 아이들에게 좋은 엄마가 되고 싶어 켄터키를 떠나 뉴욕 교외에 집을 마련했던 일화를 들려준다. 아이들과 함께 단풍나무 위에 요새도 짓고 언덕 꼭대기로 소풍도 갔다. 그러다가 오랫동안 방치되었던 연못을 헤엄칠 수 있는 공간으로 만드는 일에 착수했다. 연못은 녹조와 물풀로 뒤덮여 있었고, 바닥에는 조류와 연잎, 낙엽이 떨어져 형성된 오니가 담요처럼 깔려 있었다. 시간이 날 때마다 갈퀴로 물풀을 걷어내고, 연못 바닥을 긁어내 그것을 수레에 담아 연못에서 멀리 떨어진 곳으로 날랐다. 들통으로 콩자갈을 날라 모래톱에 붓고, 깨끗한 물을 연못에 공급하는 일은 만만치 않은 노동이었다. 연못을 헤엄칠 수 있는 공간으로 바꾸기까지 무려 12년이 걸렸다. 어찌 보면 어리석은 노동일 수 있었다. 하지만 그 지난한 노동의 의미를 이런 말로 요약한다. "좋은 엄마가 된다는 것은 세상을 돌보는 법을 자녀에게 가르친다는 것을 뜻한다."

어쩌면 좋은 세상을 꿈꾸는 이들에게 필요한 것이 이런 덕목인지도 모르겠다. 포기하지 않는 믿음과 생명에 대한 깊은 사랑만이 그 인고의 세월을 이겨낼 힘의 근원이다. 좋은 세상은 저절로 오지 않는다. 눈에 보이는 결과에만 집착하는 이들은 절망에 빠질 수밖에 없다. 조급함과 성과주의야말로 역사 발전의 걸림돌이다.

시인 나희덕은 불가능으로 넘쳐나는 세상에서 산산조각 난 꿈들을 이어 붙이는 것을 시인인 자신의 소명으로 받아들인다. 그것은 불가능한 꿈처럼 보인다. 그래도 그것은 해야만 하는 일이기에 그는 스스로 '가능주의자'가 되기로 작정했다. 그는 「가능주의자」라는 시에서 이렇게 노래한다. "큰 빛이 아니어도 좋습니다/반딧불이처럼 깜박이며/우리가 닿지 못한 빛과 어둠에 대해/그 어긋남에 대해/말라가는 잉크로나마 써나가려 합니다." 반딧불이 하나가 깜박인다고 세상이 밝아지지는 않는다. 그러나 수많은 반딧불이들이 깜박일 때 세상은 돌연 꿈의 공간으로 변모한다. 꿈을 꾸는 사람들이 많아지면 역사의 지렛대를 움직일 수 있다. 할 수 있기 때문이 아니라 해야 하기에 나도 마음에 차오르는 절망감을 다독이며 가능주의자가 되기로 다짐한다.

(2023.04.15.《경향신문》)

14.

타자에 대한 존중과 배려

—

미국에 머무는 동안 틈날 때마다 크고 작은 다양한 박물관과 미술관, 기념관을 찾아가 머물렀다. 어디에나 그곳의 역사와 전시된 유물에 대해 상세하게 설명해주는 안내인들이 있었다. 전시된 유물 하나하나는 이야기였고 그 이야기는 과거와 현재를 이어주는 끈이었다. 역사는 기억하려는 이들을 통해 만들어지는 것임을 새삼 느낄 수 있었다.

펜실베이니아주에 있는 게티즈버그 미국 전쟁박물관은 1863년 7월 1일부터 3일까지 게티즈버그 인근에서 벌어진 참혹했던 전투를 기념하기 위해 세워졌다. 그 짧은 기간 동안 8천 명 이상의 사망자가 발생했고, 그 전투에서 승리한 북군은 결정적인 승기를 잡을 수 있었다. 박물관에는 수학여행 온 학생들로 넘쳐났다. 초등학생들은 곳곳에 모여 자원봉사자들의 설명을 들으며 메모하고 있었고, 이미 관람을 끝낸 듯한 중고등학생들은 기념품을 사기 위해 바글거렸다. 노인들은 숙연한 표정으로 전시물을 둘러보며 두런두런 소감들을 나누기도 했다. 다양한 세대가 다양한 방식으로 그 공간을 점유하고 있었다. 전시물 가운데 노예를 경매한다는 광고문 앞에 한참 머물렀다. 부동산을 사고파는 것처럼 팔리는 사람들의 이름이 거기에 있었다. 이름, 나이, 가격까지 매겨진 광고판을 유심히 바라보며 그들의 존재와 운명에 대해 숙고했다. 나이대에 따라 값이 달랐다. 한 살짜리 아기의 이름을 보는 순간 전율을 느꼈다. '인간은 인간에 대해 늑대'라는 외침이 우렁우렁 가슴으로 파고들었다.

미국의 남북전쟁은 면화 산업이 발달하여 노예 노동에 의존하던 남부와 경제 구조가 다른 북부 사이에 노예 해방 문제를 두고 벌어졌다. 1852년에 발간된 해리엇 비처 스토 Harriet Beecher Stowe의 『톰 아저씨의 오두막』은 아프리카계 미국 노예들의 비참한 실상을 대중들에게 알리는 계기가 되었다고 한다. 링컨 대통령이 노예 해방을 선포하자 남부의 일곱 개 주가 연방에서 탈퇴해 남부 연합을 결성했고 제퍼슨 데이비스를 새로운 대통령을 뽑았다. 전쟁을 피하기 어려운 상황이었다. 전시실 벽면에 적힌 제퍼슨의 연설문 한 구절은 인간이 진리를 따르기보다 자기 이익을 진리로 둔갑시킨다는 사실을 여실히 보여주었다. "우리는 우리의 대의가 정당하고 거룩하다고 믿는다. 우리는 인류 앞에 우리가 평화를 원한다는 사실을 천명한다. 우리가 요구하는 것은 제발 우리를 내버려두어 달라는 것이다."

그는 노예 소유를 "정당하고 거룩하다"고 말했다. '정당하다'는 말은 자기들의 입장을 정당화하기 위한 수사이겠지만 그것을 '거룩하다'고 말하는 것은 경우가 다르다. 세계관 혹은 인식의 문제이기 때문이다. 노예를 소유하는 것이 신의 뜻이라는 뜻이 아닌가? 이것은 어쩌면 지금도 인종주의에 물든 이들 속에서 여전히 맥동하고 있지 않은가. 사람들은 일쑤 자기들의 욕망을 신의 뜻이라는 포장지에 감싸곤 한다. 지배의 욕망, 소유의 욕망을 신의 뜻과 결합시킬 때 의로운 전쟁이라는 프레임이 생성된다. 자기들을 신의 군대로 인식하는 순간 마주 선 이들은 악으로 규정된다.

게티즈버그 전투가 끝난 몇 달 후 링컨 대통령은 전몰자들을 추념하기 위해 모인 군중들 앞에서 게티즈버그 연설로 알려진 그 유명한 연설을 한다. 불과 266단어에 불과한 연설이었지만 그 속에는 미국이 지향하려 했던 정신이 옹골차게 들어 있다. 그는 미국이 자유 속에서 잉태되고 만인이 평등하게 창조되었다는 전제 위에 세워진 나라라고 선언했다. 자기들이 그곳에 모인 것은 그런 대의가 위기에 처했을 때 자유를 지키기 위해 죽어간 이들에게 마지막 안식처를 봉헌하기 위한 것이지만, 사실은 그럴 필요도 그럴 수도 없다고 말한다. 그들이 이미 그 땅을 축성하고 신성하게 만들었기 때문이다. 남은 자들의 과제는 죽어간 이들이 온전히 이루지 못한 과업을 이루기 위해 헌신함으로 그들의 죽음이 헛되지 않았다는 사실을 보여주는 것이다. 과연 그럴 수 있을까?

　　거룩이란 신의 현존 앞에 서는 이들이 느끼는 경외심과 분리될 수 없다. 신의 현존 앞에서의 삶은 타자에 대한 존중과 배려와 사랑이다. 거룩함을 종교인들의 전유물로 여기는 한 오용되기 쉽다. 거룩함은 속된 것과의 구별됨을 의미하지만 그 구별됨이 타자를 배제하고 혐오하는 데 활용된다면 그것은 악마의 간계에 불과하다. 사람들을 가르는 분리의 담들이 무너진 자리, 적대감이 스러지고 환대의 정신이 배어드는 장소, 사람들이 함께 만나 축제의 함성을 외칠 수 있는 곳이야말로 신성한 땅이다. 그 땅이 넓어질 때 사회는 건강해진다.

(2023.05.13.《경향신문》)

15.

환대를 통해 장소를
아름답게 만드는 사람들

—

그는 생긴 것은 물론이고 그윽한 목소리와 거동까지 여
러모로 영화 〈시스터 액트〉에 나오는 우피 골드버그를 닮
았다. 보스턴의 찰스 강변에 있는 한 소박한 호텔 식당은
그로 인해 특별했다. 첫째 날 아침 식사를 하러 다소 주뼛
거리며 식당에 들어선 내게 그는 아주 반가운 사람을 대하
듯 다가와 식탁 위에 있는 접시를 가져다가 음식을 담아
오면 된다고 말했다. 친절함이 몸에 밴 사람 같았다. 의례
적인 친절이 아니었다. 그는 모든 손님과 마치 오래전부터
알던 사람을 만난 것처럼 편안하게 이야기를 나누곤 했다.

해야 하는 일이 제법 많아 보였지만 그는 전혀 서두르는 기색이 없었다. 그는 자기의 일터를 우애와 따뜻함이 감도는 공간으로 바꾸고 있었다. 다음 날 아침 식사를 하면서 그를 유심히 관찰했다. 체크아웃을 하고 호텔을 떠나는 이들도 그를 찾아와 몇 마디 이야기를 나누다가 가벼운 포옹으로 작별을 고했다. 호텔을 떠나던 날 나도 그에게 "당신은 이 공간을 특별한 환대의 공간으로 만들고 있어요. 정말 고마워요"라고 인사하자, 그도 또한 내게 진정어린 은총을 빌어주었다.

예산에 있는 한 자그마한 카페 주인은 새벽 일찍 가게에 나와 빵을 굽는 것으로 일과를 시작한다. 카페를 시작하면서 그는 두 가지 원칙을 세웠다. 첫째, 밀가루, 버터, 설탕, 치즈, 바질, 과일, 커피 등은 최고의 재료를 사용한다. 둘째, 그곳을 찾아오는 모든 손님들을 하나님이 보내주신 이들로 여겨 정성스럽게 대한다. 첫째 원칙은 정직하고 성실한 마음을 잃지 않는 한 지킬 수 있을 것 같았다. 문제는 둘째 원칙이었다. 사람마다 성향이 다르고 무례한 이들을 대해야 할 때도 있었다. 이상과 현실 사이에서 흔들릴 때도 있지만 그는 자기 원칙에 충실하려고 노력했다.

그런 마음 때문일까? 그 카페는 이런저런 마음의 상처로 고달픈 이들이 찾아와 편안히 머물고 쉼을 얻는 장소 구실을 하고 있었다. 어느 날 주문받은 빵과 드립 커피를 가지고 테이블로 가서 커피를 내린 과정을 상세하게 설명해드리며 행복한 시간이 되기를 빌어주자, 손님이 느닷없이 눈물을 흘려 놀랐다고 한다. 설명은 하지 않았지만 주인의 태도에서 자기가 소중한 존재로 받아들여지고 있음을 느꼈기 때문일 것이다. 누군가를 진심으로 환대하는 일은 그에게 고향을 선물하는 일이나 마찬가지다. 카페 주인은 자기 일터를 성소로 바꾸고 있었다.

마음 둘 곳이 없는 세상이다. 경쟁이 일상이 된 세상에서 도태되지 않기 위해 바장이다 보면 알지 못하는 사이에 외로움에 젖어 든다. 가족이나 벗들에게도 그 외로움을 쉽게 털어놓지 못한다. 칭얼거리는 사람 취급을 받고 싶지 않기 때문이다. 가끔 외로움이 지극해지면 부모님의 묘소를 찾는 이들이 많다. 그곳은 무슨 말이든 다 허용되는 곳이 아니던가. 부재하면서도 존재하는 이들 품에 잠시 몸을 맡기면 우리 속의 얼음이 녹아 생명을 살리는 물로 변한다.

삶의 무게에 짓눌려 어찌할 바를 모를 때, 찾아갈 수 있는 장소를 마련해야 한다. 물론 그 장소는 특정한 공간일 수도 있고, 사람일 수도 있고, 공동체일 수도 있다. 아무 말을 하지 않더라도 그곳에서는 혹은 그의 곁에서는 그저 나답게 있어도 괜찮은 장소가 있다면 우리는 삶의 곤고함을 이겨낼 수 있다. 정원을 가꾸며 시름을 달래는 이들도 있고, 밭에서 호미질을 하며 마음을 가지런히 하는 이들도 있다.

19세기의 영국화가인 존 컨스터블John Constabll은 에식스 주에 있는 그의 고향 마을 데덤Dedham 풍경을 많이 그렸다. 그의 그림 때문에 데덤은 특별한 장소가 되었다. 다양한 빛으로 일렁이는 하늘 아래로 숲, 나무, 강, 작은 연못, 구름과 그림자가 평화롭고, 건초 마차를 모는 이들이 소박하게 살아가고 있다. 그의 고향 그림 가운데 자주 등장하는 것이 마을 교회다. 원경으로라도 교회의 종탑을 굳이 그려 넣은 것은 단순히 교회가 그곳에 있기 때문이 아닐 것이다. 그 교회는 유년 시절부터 그의 장년 시절까지를 이어주는 기억의 매개인 동시에, 빠르게 변하는 세상에서도 그가 중심을 잃지 않도록 해주는 정신의 돌쩌귀였던 것이 아닐까?

세상 도처에 환대를 통해 장소를 아름답게 만드는 이들

이 있다. 적대의 바다에서 환대의 샘물을 솟쳐 올리는 이
들 덕분에 우리는 다시 살아갈 힘을 얻는다.

(《월간에세이》7월호)

16.

함께 살기 위해 필요한 것

—

　일본이 다핵종제거설비인 알프스를 통과한 물을 30여 년에 걸쳐 태평양에 방류하겠다고 밝힌 시점이 다가온다. 국내에서는 때아닌 논쟁이 활발하다. 어떤 이들은 그 물을 처리수라 부르며 인체에 무해하다고 말한다. 국정의 고위 책임자들과 원자력 연구자들 가운데는 그 물을 몇 리터라도 마실 수 있다고 장담한다. 그들은 그 물을 원전 오염수라고 부르는 이들이 괴담을 퍼뜨리고 있다고 매도한다.

　환경운동가들과 의사들은 아직 한 번도 경험해보지 못한 현실이기에 신중해야 한다고 경고한다. 원전에서 나오

267

는 방사선 동위원소 세슘-137은 반감기가 무려 37년이고, 세슘은 해양생물 속에 농축되어 그것을 섭취하는 사람에게 치명적인 결과를 초래할 수도 있다는 것이다. 생식 기능이 떨어지고 기형이 발생할 가능성이 높아질 수밖에 없다. 정부도 이런 위험성을 인지하고 우리 해역과 수산물에 대한 안전 관리 강화를 위해 총 177억 원 규모의 예비비를 추가 편성했다고 밝혔다. 어민들과 상인들은 해산물 소비가 줄어들지 않을까 염려하고 있다.

미묘한 불안감이 스멀스멀 우리 삶에 스며들고 있다. 제아무리 보짱이 굳은 사람이라 해도 불안감조차 물리치기는 쉽지 않다. 소금을 사재는 이들도 생기고, 차량을 이용하여 소금을 훔치다가 붙잡힌 이도 있다. 아이들의 건강 문제에 누구보다 예민한 학부모들은 다량의 김을 확보하기 위해 동분서주하기도 한다는 소문도 있다.

원전 오염수 못지않게 심각한 것이 있다. 거리에 나부끼는 플래카드에 적힌 내용들이다. 대상을 특정하지 않는 분열적 정보가 기관총처럼 우리 가슴을 저격한다. 정당들이 내건 것이든 시민단체가 내건 것이든 부정적인 표현 일색이다. 대립적이고 분열적인 제로섬 사고를 강요하는 정치적 구호를 보며 후련함을 느끼는 사람이 더러 있을지 모르겠지만 국민 대다수는 그런 언어를 폭력으로 경험한다. 그런 텍스트를 접하며 마음이 따뜻해지고 맑아지고 넓어지는 경우는 거의 없다. 다른 이들의 존재를 부정하기 위해 동원되는 수사가 우리 시대의 망탈리테를 만든다면 얼마나 두려운 일인가.

고대 그리스 철학자인 이소크라테스는 "진정한 설득은 그럴듯한 말에서 나오지 않는다. 말을 통해 전해지는, 그리고 그 생각을 올곧게 만들어주는 품성에서 나온다"고 말했다. 정치인들의 말을 사람들이 좀처럼 신뢰하지 못하는 것은 뚝별스런 그들의 언행 속에서 품성이 느껴지지 않기 때문이 아닐까? 아렌트는 정치란 "함께-함의 형식을 탐구하고 보존하기 위해서 함께 행동하는 것"이라고 말했다. 함께 살아가기 위해서 가장 필요한 것은 서로에 대한 인정과 존중이다. 상생의 정치는 그저 꿈에 불과한 것일까?

메소포타미아나 그리스 신화의 창세 신화는 폭력으로 물들어 있다. 세상은 신들의 치열한 싸움을 통해 만들어졌다. 세상의 질료는 패배한 신들의 피와 몸이다. 찢긴 몸과 땅에 흐른 피가 세상의 씨앗이라는 것이다. 그런 이야기들은 세상에 만연한 갈등과 전쟁과 폭력의 이유를 설명해주는 데 유용하다. 투쟁은 삶의 불가피한 요소라고 인정하는 순간 세상은 만인에 대한 만인의 투쟁이 되고 만다. 그런 세상에서 평화를 꿈꾸는 것은 몽상에 가깝다. 갈등 혹은 전쟁은 승자와 패자를 낳는다. 승자는 오만에 빠지기 쉽고 패자는 속으로 한을 품는다. 보이지 않는 적대감이 친밀한 소통을 막는다.

성경이 들려주는 창조 이야기는 전혀 다르다. 신은 세상을 말씀으로 창조했다. 창조 작업이 순조롭게 이루어진 것을 볼 때마다 신은 '보기에 좋다'며 기뻐했다. 폭력의 서사가 사라지고 그 자리에 기쁨이 들어선 것이다. 신은 사흘 동안은 뭇 생명들이 살아갈 공간을 만들고 그 후 사흘 동안은 그 공간을 해와 달과 별 그리고 온갖 식물과 동물로 채웠다. 일곱째 되는 날 신은 안식을 누렸다.

성경의 창조 이야기는 과학자들이 말하는 우주 발생론과 경쟁하지 않는다. 창조 이야기는 세상에 존재하는 모든 것들 속에 깃든 신비에 주목할 것을 요구한다. 세상에 존재하는 모든 것은 다 아름답다. 그것을 함부로 파괴하거나 남용할 권한을 부여받은 존재는 없다. 인간은 신이 만든 세상에 잠시 왔다 가는 존재일 뿐이다. 인간의 욕망을 충족하기 위해 자연을 닦달하는 삶은 결국은 공멸로 이어질 뿐이다. 자연도 함께 살아야 할 소중한 이웃이다. 그 이웃의 신음에 귀를 기울이고, 그 고통을 덜어주는 것이야말로 인간됨의 조건이 아닐까?

(2023.06.07.《경향신문》)

17.

배움의 시작은 바라봄

—

    초등학교 5학년 때 담임선생님은 부모님과 떨어져 객지에 나와 살고 있던 나를 늘 세심하게 보살펴주셨다. 종종 어려운 일은 없는지 물으며 언제라도 도움이 필요하면 서슴지 말고 이야기하라고 말씀하셨다. 어느 날 선생님은 종례 후에 나만 잠시 교실에 남아 있으라 하셨다. 친구들이 다 귀가한 후 우두커니 창밖을 내다보며 선생님을 기다렸다. 잠시 후 교실로 돌아오신 선생님은 칠판 앞에 책상하나와 의자 두 개를 배치한 후 자리에 앉으라고 권하시더니 종이 한 장을 내게 건네시며 말씀하셨다. "도산 안창호 선생과 춘원 이광수의 대화 내용을 각색한 것인데, 내일

수업 시간에 너와 내가 함께 역할극을 하면 해서." 크나큰
배려였다.

그 세세한 내용을 다 기억하진 못하지만 도산이 우국
충정의 열망에 사로잡힌 춘원을 격려하는 내용이었다. 도
산은 모름지기 새 나라를 만들려는 이들은 정직해야 한다
며 "진리는 반드시 따르는 자가 있기 마련이고, 정의는 반
드시 이루는 날이 온다"고 말했다. 선생님과 대사를 주고
받던 그날, 내 가슴에는 기둥 하나가 들어섰다. 모호함 속
에서 흔들리며 살았지만 지향을 잃지 않을 수 있었던 것은
스승이 내 속에 심어주신 그 든든한 기둥 덕분이었다. 잊
지 못할 추억 하나가 어둑한 삶의 길을 비추는 등불이 되
기도 하는 법이다.

동서양 철학을 회통하며 성서의 심오한 의미를 풀어주
던 김흥호 목사님은 스승을 가리켜 "아무것도 하지 않지만
사람으로 하여금 자꾸자꾸 자라게" 하는 사람이라고 말한
다. 스승은 삶에 대한 뚜렷한 자세를 가진 사람이요, 자기
를 이긴 사람이요, 스스로 산이 된 사람이라는 것이다. "산
이 있으면 사람은 혼자 올라갑니다. 그 존재는 아무것도
하지 않지만 저절로 남을 오르게 합니다." 있음 그 자체로

모든 것을 하는 사람이 스승이다. 스승을 만나지 못하는 것이 인생의 비극이라면 비극일 것이다. 바라보고 본으로 삼아야 할 사람을 만나지 못할 때 삶은 빈곤해진다.

배움의 시작은 바라봄이다. 예수님은 "아버지께서 이제까지 일하고 계시니, 나도 일한다"고 말씀하셨다. 주의 깊은 살핌 속에서 지혜가 싹튼다. 요한은 성도들에게 "악한 것을 본받지 말고, 선한 것을 본받으십시오"라고 권고했고, 바울은 빌립보 교인들에게 "다 함께 나를 본받으십시오"라고 말했다. 자칫 오만하게 들릴 수 있는 말이다. 하지만 이 말은 아무나 할 수 있는 말이 아니다. 자아를 세상의 중심에 두려는 욕구를 철저히 비워낸 사람만 할 수 있는 말이다. 경외심에 가득 찬 바라봄은 닮음의 욕구로 이어진다.

배움에 있어 가장 중요한 것은 존중하는 마음이다. 존중하는 마음이 사라질 때 교육 현장은 붕괴된다. 교육 현장은 필요한 정보를 사고파는 시장이어서는 안 된다. 교육이 참 사람됨을 지향한다면 말이다. 학생이 교사에게 폭력을 가했다는 가십성 기사가 심심치 않게 들려오더니 급기야는 학부모로부터 지속적인 악성 민원에 시달리던 초등학교 교사가 세상을 등지는 일이 벌어졌다. '내 아이는 특별하다'는 그릇된 사고가 빚어낸 참극이다. 경쟁력은 있지만 타인에 대한 존중을 배우지 못한 이들이 만들어갈 사회는 상상만으로도 아찔하다. 책임을 져야 할 당국자들은 교권 추락의 주범이 학생 인권 조례라는 엉터리 진단을 내리거나, 학부모와 교사의 갈등으로 몰아가려 한다. 무책임한 책임 회피다. 지금은 광장으로 나온 교사들의 외침을 겸허하게 경청해야 할 때다. 교육 당국과 학부모 그리고 학생들이 서로를 깊이 신뢰할 수 있는 토대를 마련하기 위해 진력해야 한다.

마종하 시인의 「딸을 위한 시」가 떠오른다. 한 시인은 어린 딸에게 착하거나 공부를 잘하는 것보다 중요한 것이 바로 관찰하는 능력이라고 이야기한다. 겨울 창가에서 양파가 어떻게 뿌리를 내리는지, 사람들이 언제 웃고 언제 우는지를 살피고, 학교에서는 도시락을 가져오지 못한 친구가 누구인지 알아차려 함께 나누라고 조언한다. 세상에 가득 찬 생명의 신비에 경탄하고, 타자의 고통을 덜어주는 마음으로 사는 이들이 늘어날 때 세상은 평화로울 것이다. 경외심을 가르치는 교육이 절실히 필요한 때다.

(2023.08.02.《국민일보》)

/8.

새로운 삶의 가능성

—

어린 시절, 아침에 길을 걷다가 동네 어른들을 뵐 때마다 "진지 잡수셨어요?"라고 인사했다. 진지는 누구나 알듯이 밥의 높임말이다. 밥을 먹었는지 먹지 않았는지가 궁금했던 것은 물론 아니다. 이 인사는 사람들의 기본적인 욕구가 해결되기를 바란다는 기원의 의미가 깃들어 있다. 어느 순간부터 그런 인사말이 사라졌다. 먹을거리가 풍부해진 세태의 반영일 것이다. 유대인들의 인사말은 '샬롬'이다. 평화라고 흔히 해석되지만 이 말 속에 담긴 함의는 복잡하다. 평화는 전쟁이나 불화가 없는 상태만을 가리키지 않는다. 평화는 몸도 마음도 두루 평안할 뿐 아니라, 배가

고프거나 몸이 아프지 않고, 가족들이 다 무고할 때 우리 마음에 깃드는 고요함이다. 평화는 그래서 현실태라기보다는 실현되어야 하는 가능태일 때가 많다. 유대인들은 일상의 자리에서뿐만 아니라 절멸수용소에서도 샬롬의 인사를 나누었다. 인도, 네팔, 스리랑카 사람들이 주로 사용하는 인사말 '나마스테'는 산스크리트어로 '당신을 존중합니다'라는 뜻이라고 한다. 내 앞에 얼굴로 현전한 사람을 아끼고 존중하는 것이야말로 인간다운 삶의 단초라는 뜻이 그 속에 담겨 있는 것이 아닐까?

산길을 걷다가 마주치는 이들에게 '안녕하세요?'라고 인사를 하는 일은 아주 자연스럽다. 낯선 이가 말을 건다고 불쾌한 낯빛을 하는 사람은 거의 없다. 이때 '안녕하세요?'라는 말 속에는 육체적 힘듦을 마다하지 않고 산을 찾는 이들의 동류의식이 담겨 있고, 끝까지 안전하게 걸으라는 기원이 담겨 있다. 그러나 일상의 자리에서는 낯선 이들에게 인사를 건네기 어렵다. 얼빠진 사람 취급당하기 일쑤다. 공동주택에 살면서 엘리베이터에서 마주치는 이들에게 '안녕하세요?'라고 인사를 했다가 머쓱해진 경험이 한두 번은 있을 것이다. 우물우물 인사를 받아주는 사람도 있지만, 아무런 대꾸도 없이 외면하는 이들도 있다. 그 완

강한 침묵은 '나는 굳이 당신과 섞이고 싶지 않다'는 강력
한 발언이다.

　적대감이 넘치는 세상일수록 인사에 인색하다. 위험사
회에 살기 때문일까? 인간은 타자들의 요구를 이해하고 응
답하는 과정을 통해 자기를 실현하는 존재다. 우리 앞에
있는 사람의 얼굴은 '나를 존중해달라', '나를 해치지 말라'
는 일종의 메시지다. 다른 사람의 동료가 되고, 보살피고,
그의 짐을 함께 지기 위해 몸을 낮출 때 우리는 비로소 욕
구와 충족의 순환에서 벗어날 수 있다. 욕망과 충족의 회
로에 갇힌 이들일수록 타인들에게 적대적이다. 무표정으
로 주변에 울타리를 쌓는 사람들, 다른 이들을 비존재 취
급하는 사람들을 지배하고 있는 것은 불안과 두려움이 아
닐까? 갑각류처럼 자기 속으로 자꾸 움츠리는 이들의 내면
은 황폐해지기 마련이다. 다른 이들과의 소통을 완강히 거
부함으로써 그는 심각한 자기 소외를 초래한다.

　맹자는 춘추전국시대의 혼란 속에서 자기 마음을 잃어
버리고도 잃어버린 줄 모르는 이들의 처지를 딱하게 여겨
그들의 진면목을 깨우쳐주려고 '우산牛山의 숲' 이야기를
들려준다(『맹자』, 「고자」 상편). 수목이 무성한 그 산은 정말

아름다웠다. 그런데 그 산은 제나라의 도성 부근에 있었던 지라 사람들이 저마다 집을 짓느라고 도끼로 나무를 베어 내고, 소와 양을 방목하다 보니 그만 민둥산이 되고 말았다. 후세의 사람들은 우산이 본래 나무가 없는 산인 줄 알지만 실은 그렇지 않다는 것이다. 사람에게는 본래 다른 사람을 아끼고 존중하는 마음이 있었지만, 욕망의 벌판에서 허둥거리다 보니 그 마음을 다 잃어버리고 말았다는 것이 맹자의 가르침이다. 어떻게 살 것인가?

자기 충족을 지향하는 삶에서 벗어날 때 새로운 삶의 가능성이 열린다. 유대인 사상가 헤셸은 타자들에게 관심하는 사람이 사람이라고 말한다. "돌멩이는 자기-충족을 하지만 인간은 자기-능가self-surpassing를 한다. 그에게는 언제나 자신을 내주어야 할 누군가가 필요하며, 자기를 초월하는 무엇인가를 숭배하지 않는 한 자신과 화합을 이룰 수도 없다"(『사람은 혼자가 아니다』). 마음을 다해 독자들에게 수인사를 건넨다. '그대, 안녕하신지요?'

(《월간에세이》9월호)

19.

사람은 저마다 자기 삶의 저자다

—

밴쿠버를 찾는 이들이 즐겨 찾는 개스타운 근처에는 노숙자들이 몰려 있는 거리가 있다. 약물에 취해 비틀거리는 사람, 끼리끼리 모여 앉아 몽롱한 시선을 주고받는 사람들, 남루한 차림새로 길에 누워 있는 사람. 묵시록적 풍경이 아닐 수 없다. 차에 탄 사람들은 차창을 통해 그 광경을 물끄러미 바라보거나 외면할 뿐, 아무런 감정적 동요를 드러내지 않는다. 어지간한 사람들은 다 그 거리를 걷지 않는다. 거리에 밴 냄새를 견디지 못하거나 위험하다고 느끼기 때문이다.

운동 특기자로 대학에 들어가 선수 생활을 하면서도 학업에 열중하던 레이첼(가명)은 졸업 이후 전혀 다른 진로를 선택했다. 노숙자들을 돕는 일을 택한 것이다. 대안이 없어서가 아니라 그 일을 하고 싶어서였다. 부모님은 처음에는 반대했지만 결국 딸의 결심이 확고하다는 사실을 알고는 내심 대견해하셨다. "어렵지 않아요?" "아니요, 재미있어요. 하하하." "위험하지는 않아요?" "그 사람들 착해요." "냄새 때문에 힘들지 않아요?" "제게는 냄새가 전혀 역겹게 느껴지지 않아요." 짐짓 괜찮은 척하는 것이 아니라 그는 그 일을 즐겁게 수행하고 있었다. 그들이 안전하게 잠을 잘 수 있는 공간을 마련하고, 식사와 생필품을 안정적으로 공급하는 것이 그의 일이다. 레이첼의 긍정적인 태도에 노숙자들도 마음을 열었다. 그들은 레이첼을 스스럼없이 받아들이고, 가끔 타박을 해도 웃으며 응대한다.

가끔은 낯선 이들의 욕받이가 될 때도 있지만 그것 때문에 심리적 타격을 받지는 않는다. 그들의 처지에서는 그럴 수 있을 거라고 생각하고 수용하기 때문이다. 지속적인 만남을 통해 서로의 처지를 알게 된 노숙자들은 레이첼을 함부로 대하는 이들을 거리에서 쫓아내기도 한다. 레이첼은 명랑하고 싹싹하다. 그의 명랑함은 그 칙칙한 장소를 밝히는 한 줌 햇살에 지나지 않을지 모르지만, 그 햇살 한 줌이 누군가에게는 응달로부터 벗어날 희망으로 비칠 수도 있지 않을까? 거리에 나앉은 이들도 모두 행복을 꿈꾸던 사람들이다. 지금의 처지를 동경한 사람은 하나도 없다. 어디선가 트랙에서 벗어났고, 작은 차이가 시간이 흐르며 큰 차이로 나타난 것뿐이다. 그들은 문명의 가속화된 시간을 견디지 못했거나, 중첩되어 찾아오는 절망의 인력을 버텨낼 수 없었던 것인지도 모르겠다. 개인을 숨 막히게 하는 제도에서 벗어나고 싶어서 자발적으로 거리로 나온 이도 있을 거고, 아무리 몸부림쳐도 도저히 벗어날 수 없었던 가난에 내몰린 이도 있을 것이다.

사람은 저마다 자기 삶의 저자다. 누구도 우리를 대신해 살아줄 수 없다. 손가락의 지문이 다 다르듯 세상을 바라보는 시선이나 태도 역시 다 다를 수밖에 없다. 내 기준으로 사람들을 평가하지 말아야 한다. 산의 모습은 선 자리에 따라 달리 보이기 마련이다. 바라보는 자리가 바뀌면 산은 다른 모습으로 나타난다. 우리는 부분적으로만 안다. 인간은 총체적 인식을 지향하지만 그 시도는 언제나 실패로 끝난다. 노자는 『도덕경』 14장에서 "보아도 보지 못하는 것을 일러 '평평함'이라 한다. 들어도 들리지 않는 것을 일러 '희미'하다고 한다. 잡는데 잡히지 않는 것을 일러 아주 '작다'고 한다. 이 세 가지는 어떻게 할 수가 없다. 그래서 이것들이 섞여 하나를 이룬다"고 가르친다. 세계는 알 수 없는 것투성이다. "열 길 물속은 알아도 한 길 사람 속은 알 수 없다"는 속담은 인간의 복잡성을 그대로 드러낸다. 그 복잡성을 이해하고 받아들이는 것이 성숙이다.

우리 앞에 현전한 이들을 대체 불가능한 사람으로 대하는 것, 그들이 저마다 꿈의 지층을 품고 있지만 잠시 흐름을 멈춘 사람 혹은 일시적으로 길을 잃은 사람으로 여기는 것, 그것이 성숙한 관계의 단초다. 그들과 관계를 지속하기 위해서는 인내와 존중이 필요하다. 그때도 그들을 당위의 굴레에 가두려 하지 말아야 한다. 자기와 생각과 지향이 다른 이들을 함부로 판단하고, 배제하고, 억압하는 이들은 자기를 과대평가하는 사람일 뿐이다. '너는 왜 그렇게 살아?' 동일성의 폭력이 자행되는 세상은 위험하다. 레이첼은 노숙자들을 클라이언트라고 부른다. 쉬는 날에도 거리에서 아는 노숙자를 반가워하며 팔랑팔랑 뛰어가 안부를 묻는다. 그 명랑함이 잿빛 도시를 밝히고 있다. 레이첼이 늘어날 때 세상은 밝아진다.

20.

증오와 혐오를 녹이고

—

"오늘 너도 평화에 이르게 하는 일을 알았더라면, 좋을 터인데! 그러나 지금 너는 그 일을 보지 못하는구나."(누가 19:42) 예루살렘을 보고 우시며 하신 예수님의 말씀이다. 하마스와 이스라엘 사이에 벌어진 광기 어린 전쟁을 보며 주님의 마음에 피멍이 들고 있는 것이 아닐까? 똑같은 현실도 선 자리에 따라 달리 보이기 마련이다. 철조망과 분리 장벽에 갇힌 채 항시적인 불안 속에 살아가는 팔레스타인 사람들에게는 이스라엘 사람들이 곱게 보일 리 없다. 지난 세기에 벌어졌던 홀로코스트의 기억에서 벗어나지 못하는 이스라엘 사람들에게 팔레스타인 사람들은 자기들의 생존을 위협하는 적으로 보일 수도 있다. 두려움과 두려움이 맞부딪치면서 갈등의 불꽃이 일었고, 그 불꽃이 확산되어 테러와 전쟁을 낳고 있다.

대화와 소통의 길이 막힐 때 사람들은 분열과 혐오의 언어로 마주 선 사람들을 타자화한다. 상대에 대한 의구심이 깊어가면서 그들은 서로를 악마화한다. 사람들은 일쑤 불구대천의 원수, 짐승, 악마로 언어화된 대상들은 제거되는 것이 정의에 합당하다고 믿는다. 증오가 사실을 압도할 때 폭력은 정당화된다. 전쟁은 맹목적이다. 성찰적 거리가 확보되지 않기 때문이다. 이 난감한 시대에 성서에 길을 묻지 않을 수 없다.

하나님께 등을 돌리고 우상을 숭배하던 아하스 시대에 하나님은 아람과 북왕국 이스라엘의 연합군을 보내 유다 왕국을 치게 하셨다. 많은 이가 희생되었다. 전쟁에서 승리를 거둔 이스라엘 사람들은 동족의 재산을 약탈하는 동시에 그들을 전쟁포로로 끌고 갔다. 그런데 승전을 자축하며 떠들썩하게 개선하는 군대를 막아선 사람이 있었다. 선지자 오뎃이었다. 오뎃은 승전에 도취된 군인들 앞에서 찬물을 끼얹는 말을 한다. "하나님이 유다를 치신 것은 그들의 죄 때문이었다. 그런데 너희는 노기가 충천하여 수많은 사람을 죽이고도 모자라서, 형제 나라인 유다의 백성을 잡아 노예를 삼으려고 하는구나. 너희에게는 죄가 없느냐?" 무서운 말이다.

전란의 시기를 살았던 노자는 인간 세상에서 전쟁이 없을 수는 없다는 사실을 인정하면서도 전쟁의 윤리를 지켜야 한다고 말했다. 그는 전쟁이란 부득이할 경우, 즉 국민을 보호하지 않으면 안 될 그런 때, 마지못해서 하는 것이라며 이렇게 말한다. "목적을 겨우 이룰 따름이요, 감히 강함을 취하려고 하지 않는다." 이 말은 싸움에서 이긴 뒤에도 패전한 나라에 대해서 교만하거나 억압을 하거나 그러지 않고, 군비를 확충해서 더 강해지려고 하지 않는다는 말이다.

오뎃은 이스라엘 군인들의 행태가 하나님의 뜻에 어긋난 행동임을 꿰뚫어 보았기에 단호히 군대 앞에 섰던 것이다. 그는 사로잡아 온 포로를 놓아 돌아가게 하라고 말한다. 그 말이 받아들여졌을까? 바른 소리는 언제나 고독한 법이지만 쇠북을 두드리는 듯한 그의 소리에 공명하는 사람들이 있었다. 에브라함의 지도자 네 사람이 나서서 개선하는 군대 앞에 서서 말한다. "너희는 이 포로를 이리로 끌어들이지 못하리라. 너희의 경영하는 일이 우리로 여호와께 허물이 있게 함이니 우리의 죄와 허물을 더하게 함이로다. 우리의 허물이 이미 커서 진노하심이 이스라엘에게 임박하였느니라." 반역자로 낙인이 찍힐 수도 있는 상황이었지만 그들은 단호하게 하나님의 뜻을 전했다. 당장의 이득을 위해 하나님의 진노를 사는 일이 얼마나 어리석은지를 알았기 때문일 것이다.

마침내 군인들은 자기들의 전리품을 포기하고 물러섰다. 네 사람의 지도자들은 포로들을 잘 보살폈다. 벗은 자들에게는 입히고, 맨발인 이들에게는 신발을 신기고, 상처 입은 이들에게는 기름을 발라주고, 먹을 것과 마실 것을 공급해주었다. 어느 정도 시간이 경과한 후에는 기력이 쇠진한 이들은 나귀에 태워 유다 땅까지 데려다주기까지 했다. 이스라엘 역사 가운데서 일어난 일종의 기적이 아닌가? 증오와 혐오를 녹여 이해와 사랑으로 바꾸는 연금술이 필요한 때다. 세상 도처에서 평화의 씨를 뿌리는 이들이 연대하여 이 맹목적인 전쟁을 끝내야 한다. 오뎃의 사자후가 우렁우렁 들려온다.

(2023.10.25.《국민일보》)

21.

모든 인간은 시작이다

—

    괴테의 『파우스트』에 등장하는 악마 메피스토는 말한다. "시간을 이용하시오. 시간은 아주 빨리 사라지니까! 질서가 당신에게 시간을 버는 법을 가르쳐줄 거요." 악마는 시간은 이용해야 하는 것이고, 시간을 벌기 위해서는 질서를 따라야 한다고 말한다. 시간을 잘 통제하지 못하고 허비하는 것은 죄라는 것이다. 메피스토의 세계에서 향유를 위한 멈춤은 허용되지 않는다. 꿈을 꾸는 사람이나 사랑에 빠지는 것은 시간을 낭비하는 것이다. 정말 그러한가? 한 해의 끝자락에 섰다. 시간을 타고 사는 것 같았지만 실은 시간에 떠밀리며 살았다. 조급증에 시달리며 질주해온 우리 발자취가 어지럽다.

해변에 떠밀려온 부유물 같은 시간의 흔적을 살펴본다. 지난 1년 동안도 크고 작은 많은 일이 일어났다. 신림동과 서현역에서 일어났던 세칭 묻지마 칼부림 사건, 강남 학원가 마약 음료 사건은 충격적이었다. 우리 사회가 더 이상 안전하지 않다는 사실을 상징적으로 보여주었기 때문이다. 힘 있는 학부모들의 갑질과 서이초 교사 순직 사건 또한 우리 사회의 병적 단면을 보여주는 사건이었다. 오송 지하 차도 침수 사건, 물살에 휩쓸려 죽어간 해병대 채 상병 사건, 새만금 잼보리 사태는 우리가 여전히 안전 불감증에서 벗어나지 못했음을 입증해주는 사건이었다. 국제적으로는 튀르키예의 강진으로 수많은 인명 피해가 발생했고, 러시아와 우크라이나 사이에 벌어진 전쟁은 여전히 현재 진행형이다. 파괴와 죽음이 일상이 되었다. 이스라엘과 하마스의 전쟁으로 인해 가자 지구는 폐허로 변하고 있다. 맹목적인 증오가 인류에 대한 사랑을 압도하고 있는 형국이다.

날이 갈수록 다양한 이해집단 사이의 갈등이 심화되고 있다. 서로를 향해 쏟아붓는 거친 언어들이 사람들의 가슴에 깊은 상처를 남긴다. 조롱과 냉소가 따뜻하고 친절한 말을 압도하고 있다. 공론장은 가짜 뉴스에 의해 장악되고, 사람들 사이에 마땅히 있어야 할 신뢰는 회복되기 어려울 정도로 파괴되었다. 고의로 잘못된 정보를 유포하는 이들이 생겨나고, 그들의 선동 선전에 기꺼이 속으려는 이들이 많아질수록 진실이 설 자리는 좁아진다. 전국의 대학 교수들을 대상으로 설문조사를 하여 뽑은 올해의 사자성어는 견리망의見利忘義다. 이익을 보면 의를 잊는다는 말이다. 이익 동기가 진실을 압도하고 있다는 말이다. 시장으로 변해버린 세상에서 인간의 존엄은 보장되지 않는다.

영국의 콜린스 사전이 뽑은 올해의 단어는 AI다. 인공지능의 약자이지만 콜린스 사는 이것을 "컴퓨터 프로그램을 통한 인간의 정신적인 기능을 모델링하는 것"이라 소개한다. 챗GPT를 비롯한 생성형 AI 열풍이 불었다. 인생의 길을 찾기 위해 경전을 보기보다는 AI에게 묻는 이들이 늘어나고 있다. 바야흐로 포스트휴먼 시대 혹은 트랜스휴먼 시대가 열리고 있는 것이다. 지난 세기 두 번의 세계대전을 겪으며 사람들은 '인간이란 누구인가'를 물어야 했지만, 이제 그런 질문은 잊히고 있는 것 같다. 신적 능력을 간직한 인간의 출현을 오히려 반기는 것처럼 보인다. 이러한 낙관론이 유지될 수 있을까?

　기후 위기라는 전대미문의 상황이 우리 앞에 놓여 있다. 우리 모두의 고향인 지구가 몸살을 앓고 있다. 임계점에 거의 도달했다고 보는 이들이 많다. 경제 발전이라는 세이렌의 달콤한 노래에 이끌려 인류는 파멸을 향해 질주하고 있다. 도스토옙스키의 소설 『악령』은 19세기 말 허무주의와 급진주의에 사로잡힌 이들이 만들어내는 혼돈의 공포스러움을 보여준다. 소설의 제사에 도스토옙스키는 악령에 들린 돼지 떼가 비탈길을 내리달아 바다에 빠져 죽는 누가복음의 이야기를 소개하고 있다. 자기 시대를 보여주는 적절한 예라고 생각했기 때문일 것이다. 우리 또한 지금 몰락의 비탈길을 질주하고 있는 것은 아닐까? 멈출 수 있을까? 비관적 전망이 많지만 희망을 섣불리 버릴 수도 없다.

　아렌트는 나치즘과 스탈린주의의 뿌리를 파헤친 『전체주의의 기원』의 마지막 문장에 희망의 씨를 하나 남겨놓았다. 모든 역사의 종말은 반드시 새로운 시작을 포함하고 있다는 것이다. 시작할 수 있는 능력이야말로 인간이 가진 최상의 능력이다. 그는 "시작이 있기 위해 인간이 창조되었다"는 아우구스티누스의 말을 인용한 후 방점을 찍듯 말한다. "실제로 모든 인간이 시작이다." 한 해의 끝자락에서 이 문장을 꼭 붙든다. 다시 시작할 수 있는 시간이 우리에게 도래하고 있다.

(2023.12.30. 《경향신문》)

22.

자기 삶을 살아내는
이들은 거룩하다

—

    문득 익숙하던 세계가 낯설어질 때가 있다. 명료하다 여기던 것들이 모호해지고, 가깝다 생각하던 것들이 멀어지고, 질서정연하다 여기던 세상이 뒤죽박죽인 것 같고, 든든하다 여기던 것들이 속절없이 흔들릴 때, 나 홀로 세상에서 단절된 것 같은 느낌에 아뜩해진다. 부조리의 경험이다. 예기치 않은 죽음과 맞닥뜨릴 때가 특히 그러하다. 죽음에 대한 자각은 우리 일상의 흐름을 폭력적으로 단절시킨다. 단절은 고립이다. 세상이 부빙처럼 멀어져 갈 때 사람들은 가급적이면 죽음과의 불쾌한 대면을 애써 연기하거나 피하려 한다. 하지만 죽음의 자각은 우리 삶을 근원에서 돌아보라는 일종의 초대다.

영혼의 창에 드리운 어둠은 우리 삶의 부박함을 돌아보게 한다. 욕망이라는 이름의 고속열차를 타고 질주할 때는 보이지 않던 것들이 조금씩 눈에 들어오고, 우리를 스쳐 지나간 모든 것들이 무한히 신비한 세계에 속하고, 당연하게 여기던 것들이 선물임을 자각하게 된다. 죽음과의 대면은 역설적으로 우리 삶이 기적이라는 사실을 일깨우는 것이다. 물론 폭력적 방식으로 삶에서 단절된 이들의 존재는 분노를 자아낸다. 억울한 죽음은 남겨진 이들의 가슴에 지울 수 없는 어두운 그림자로 남는다. 먹고, 입고, 목숨을 부지하는 것이 죄스럽다고 느끼는 이들이 있다. 살아남은 자들의 슬픔이다. 그 그림자를 마치 없는 것처럼 가장하고 살아갈 수는 없다. 그림자를 새로운 삶의 힘으로 전환시킬 수 있어야 한다.

숲길을 걷다 보면 가끔 커다란 혹을 달고 있는 나무가 눈에 띈다. 병들거나 벌레 먹은 자리에 맺힌 결인 혹은 나무가 겪어온 풍상의 세월을 고스란히 보여준다. 옹두리를 볼 때마다 상처를 딛고 상승에의 의지를 포기하지 않은 나무가 대견하다는 생각을 금할 수 없다. 나무는 누구를 탓하지도 않고 비애조차 내비치지 않으며 홀로 그 상처를 치유한다. 생명이 하는 일이다. 생명은 그래서 장엄하다. 아무리 삶이 곤고해도 내색하지 않고 검질기게 살아가는 이들이 있다. 그들은 자기들의 행위를 통해 세상에 새로운 것을 가져온다.

　　종교학자인 정진홍 박사가 『정직한 인식과 열린 상상력』에서 들려주는 한 일화가 생각난다. 청계천이 피난민들의 거주지였던 1950년대 말이었을 것이다. 어느 날 그는 옷을 수선하기 위해 얇은 널빤지를 얼기설기 엮어 바닥을 만들고 두꺼운 종이상자로 벽을 세우고 그 한 부분을 잘라 창을 만든 허름한 집에 들어섰다. 엉성한 마룻바닥 밑에서 퀴퀴한 냄새가 올라오고 있었다. 그런데 엉뚱하게도 누추하기 이를 데 없는 그곳에서 그의 시선을 사로잡은 것은 창턱에 놓인 녹슨 깡통이었다. 깡통에는 채송화가 노란색 꽃을 피우고 있었다. 그는 그때의 감동을 이렇게 전한다.

　　"저는 그 아주머니께서 길거리에서 깡통을 주워 거기
　　구멍들을 뚫고 흙을 담고, 어디서 얻으신 것인지
　　채송화 씨를 뿌리고, 그것을 정성스레 양지 볕에 놓고

물을 주고 키워 마침내 노란 꽃이 피었을 때, 그때
당신이 그 꽃에 담았을 온갖 삶의 애환과 그 꽃에서
피어났을 당신 삶의 추억과 꿈을 어떻게 숨 쉬셨을까
하는 것을 짐작하는 것만으로도 가슴이 벅찼습니다."

정진홍 박사는 그때부터 그 꽃과 아주머니는 아름다움
과 진실함과 착함을 가늠하는 잣대처럼 당신 안에 머물고
있다고 고백한다. 먹감나무가 제 몸에 난 상처를 아름다운
무늬로 빚어내듯 삶이 제아무리 곤고하다 해도 여낙낙한
태도를 잃지 않고, 세상이 가한 상처를 속으로 삭혀 아름
다운 무늬를 만드는 이들이 있다. 삶의 예술가들이다. 세상
에 희망이 있냐고 음울한 목소리로 묻는 이들이 있다. 욕
망의 문법에 따라 도태되지 않으려고 질주하다 보니 숨은
가빠지고, 어느 순간 외로움과 상실감에 확고히 사로잡혔
지만, 그렇다고 하여 멈추어 설 수도 없다는 절망감 속에
서 터져 나오는 일종의 비명이다. 희망을 자기 외부 어딘
가에서 찾으려는 이들은 낙심할 수밖에 없다. 희망은 스스
로 빚는 것이다. 인간은 새로운 시작이다. 역사의 수레바퀴
가 거꾸로 돌아가는 것 같은 세월이지만 비애에 침윤되지
않고 듬쑥하게 자기 삶을 살아내는 이들은 거룩하다.

(2024.09.06.《경향신문》)

23

타자와 공존하기 위한 여백

—

사사건건 피새를 부리는 이들이 있다. 성격 탓이려니 하고 그저 웃어 넘겨주기 힘들 만큼 그들은 조급하고 날카로워 주변을 불편하게 만든다. 그들은 말과 표정으로 불화를 솟쳐 올린다. 이런 이들을 일러 성경은 "자기들의 수치를 거품처럼 뿜어 올리는 거친 바다 물결"이라고 말한다. 이들 속에 오래 머물다 보면 우리도 모르는 사이에 마음이 무거워진다. 즐거운 일이 전혀 없는 것은 아니지만 현실은 중력처럼 우리 마음을 아래로 끌어내린다. 자기의 옳음에 대한 과도한 확신에 사로잡힌 이들일수록 다름에 대한 포용력을 발휘하지 못한다. 자기가 세운 기준에 맞지 않으면 가차 없이 비난하고 배척한다. 다면적, 다원적, 유기체적 사고가 멈출 때 세상은 성격들 사이의 전장이 된다. 온기가 없는 곳에서 생명은 자라지 못한다. 남극의 황제펭귄들은 알을 발 위에 올려놓고 따뜻한 깃털로 알을 품는다.

아일랜드 작가인 클레어 키건Claire Keegan의 『맡겨진 소녀』는 다사로운 세계로 우리를 초대한다. 가난하고 무책임한 부모 밑에서 자라던 소녀는 엄마의 또 다른 임신으로 잠시 동안 친척 집에 맡겨진다. 소녀는 자라면서 부모로부터 따뜻한 애정 표현이나 정서적 지지를 받아보지 못했다. 천성적으로 낙관적인 소녀는 그런 환경에 짓눌리지 않았다. 낯선 곳으로 가면서도 소녀는 두려움보다는 설렘을 느낀다. 소녀를 맡아준 킨셀라 부부는 얼마 전에 큰 슬픔을 겪었지만 서로에 대한 깊은 애정과 신뢰로 슬픔을 승화시키는 사람들이었다. 어느 날 소녀는 뜨거우면서도 차가운, 겪어본 적이 있는 기분을 느끼며 잠에서 깬다. 나중에 침대 시트를 벗기던 킨셀라 아주머니는 뒤늦게 그 사실을 알아차리지만 소녀를 책망하기는커녕 매트리스가 낡아서 습기가 차는 곳에 소녀를 재웠다고 미안해한다. 햇볕에 말리기 위해 매트리스를 마당으로 끌어 내릴 때 슬그머니 다가와 킁킁 냄새를 맡으며 뒷다리를 들려던 개를 아주머니는 쫓아낸다. 세제와 뜨거운 물로 매트리스를 문질러 씻은 후에 아주머니는 일을 도와준 소녀에게 고맙다면서 함께 베이컨을 먹자고 제안한다. 민망할 수도 있는 상황에서 킨셀라 아주머니가 보여준 따뜻한 배려는 소녀의 존재에 대한 무한한 긍정이었다. 이러한 존중받음의 경험이 누적될 때 좋은 사람이 될 가능성이 늘어난다.

대홍수로 말미암아 세상에서 숨 쉬던 모든 것들이 다 사라진 후 방주에서 나온 노아는 그 참혹한 현실을 견디기가 어려웠던 것일까? 그는 어느 날 포도주에 취해 장막 안에서 벌거벗은 채 쓰러졌다. 당대의 의인이고 흠 없는 사람이라 인정받던 사람의 술 취함, 그리고 벌거벗음은 그가 겪었던 내적 고통을 고스란히 보여준다. 아들 함이 먼저 그런 아버지의 모습을 발견하고는 형들에게 달려가 그 사실을 알렸다. 셈과 야벳은 겉옷을 가지고 뒷걸음질 쳐들어가 아버지의 벗은 몸을 덮어 드렸다. 성경이 굳이 이런 에피소드를 기록한 것은 허물을 드러내 망신을 주곤 하는 각박한 인심에 대한 경고가 아닐까?

자기와 생각과 처지가 다른 이들에 대해 거침없이 혐오를 드러내는 세상에 평화는 없다. 같음에 대한 과도한 집착은 다름이 가져오는 위협보다 더 치명적이다. 정치적 과격주의와 종교적 근본주의의 숙주는 다른 것에 대한 공포와 적대감이다. 모든 파괴적 갈등은 타자의 고통을 상상하지 못하는 무능력에서 비롯된다. 선 자리가 다르면 세상 풍경은 사뭇 다르게 보인다. 타자의 눈에 비친 세상을 받아들일 때 세상에 대한 입체적 이해에 가까워진다. 타자와 공존하기 위한 여백을 마련할 때 창조적인 삶이 시작된다. 자기 확신에 사로잡힌 이들일수록 모든 것을 자기 방식 대로 통제하려고 한다. 통제에 응하지 않거나 저항하는 이들은 모두 적이 된다.

킨셀라 부부는 소녀의 부끄러움을 사랑과 이해의 담요로 덮어줌으로써 자신이 존중받고 있음을 느끼게 만들었다. 셈과 야벳은 아버지의 벌거벗은 모습을 가려 드림으로 다시 시작할 용기를 북돋웠다. 아렌트는 인간이 행위할 수 있다는 것은 불가능한 일을 시작할 수 있음을 뜻한다고 말했다. 이 참담한 시대에도 우울에 빠지지 않는 것은 여백을 창조하는 이들이 곳곳에 있기 때문이다.

(2024.11.01.《경향신문》)

24.

새로운 생태계를 만드는 사람들

—

　"속도에 적응이 안 되더라구요." 왜 서울살이를 청산하고 고향으로 돌아왔냐는 질문에 30대 초반의 한 젊은이가 한 대답이다. "그 속도에 맞춰 살려다 보니 스트레스는 심해지고 자존감은 날로 줄어들더군요. 이렇게 살다가는 삶의 지향을 잃은 채 부유할 수밖에 없겠다는 생각이 들었어요. 너무 늦기 전에 내가 잘할 수 있고 또 보람을 느낄 수 있는 일을 해보자 싶었어요." 그는 고심 끝에 다니던 직장에 사직서를 제출하고 고향에 돌아와 새로운 인생을 시작했다. 쉽지 않은 결정이었지만 조금의 후회도 없었다. 경쟁에서 밀려나 억지 춘향으로 낙향한 것이 아니기에 그는 비애감에 사로잡히지 않았다. 생텍쥐페리는 삶에는 해결책이 없고 밀고 나가는 힘만 있다고 말했다. 그 힘을 만들어낼 때 해결책이 뒤따라온다는 것이다.

삶의 속도를 늦추자 아름다운 것들이 눈에 들어오기 시작했고, 지역사회에서 자기가 할 수 있는 일이 눈에 들어왔다. 고향은 그를 따뜻하게 반겨주었다. 서울에서 만난 벗들의 소비 수준을 따라갈 수 없어 자괴감을 느끼곤 하던 다른 친구들도 새로운 삶을 모색하기 위해 하나둘씩 고향으로 돌아왔다. 젊은이들이 부족한 작은 도시였기에 그들을 필요로 하는 일이 제법 많았다. 자신을 절실히 필요로 하는 곳에서, 보람 있는 일을 하고 있어서인지 그들은 유쾌하고 명랑했다. 소비사회의 신민이 되기를 거부하고 자기 삶의 문법을 따라 주체적으로 살아가는 그들이 참 대견했다. 그들은 세상에 희망이 있냐고 묻기보다는 스스로 작은 희망이 되기로 작정한 사람들이다.

미국의 빼어난 에세이스트인 솔닛은 인생 학교에서 배운 바를 이렇게 요약한다. "주변부가 오히려 가장 풍요로운 장소일 수 있으며 다른 영역들을 드나들기에 유리한 위치일 수 있다는 사실을 배웠다." 중심에서 밀려날까 싶어

노심초사하는 이들은 변화와 불확실성을 수용하려 하지 않는다. 다양하게 반응하지도 못한다. 하지만 주변부는 사방으로 열려 있다. 주변부야말로 새로움의 촉수이다. 역사의 새로움이 늘 변방에서 시작되는 것은 그 때문이다. 중심에 속한 이들은 기존 질서에 틈을 만드는 이들을 불온한 사람으로 대하거나, 패배자라는 찌지를 붙여 배제한다. 그러거나 말거나 자기가 선 자리를 아름답게 가꾸는 이들이 있다. 중심으로부터 유쾌한 탈주를 감행한 이들이 곳곳에서 새로운 생태계를 만들고 그들의 비전이 연결될 때 세상은 건강해질 것이다.

여러 해 전, 교회 청년 둘이 분쟁지역에 평화를 심는 일을 하기 위해 반다아체와 동티모르로 떠났다. 그들로 하여금 다니던 좋은 직장을 버리고 고난의 현장에 가도록 한 힘은 무엇일까? 세상에 더 이상 속지 않겠다는 결의였을 것이다. 수돗물도 나오지 않기에 우물물을 길어다 취사와 세면을 해야 하는 곳, 휴지조차 구비되지 않은 화장실에 가기 위해 외등 하나 없는 건물 건너편으로 이동해야 하는 불편을 감수해야 하는 곳, 도마뱀·거미·바퀴벌레·개미·이름조차 알 수 없는 벌레들과 함께 살아야 하는 곳에 있으면서도 그들은 행복하다고 말했다. 그들의 꿈은 소박하다. 담배와 대마초에 찌들어버린 젊은이들의 몽롱한 눈에 열정의 빛이 돌아오도록 하는 것과 현지인들과 우정을 나누는 사람이 되는 것이다. 멋지지 않은가? 자기 집착에서 벗어나는 순간, 예전에는 상상조차 하지 못했던 광활한 삶의 지평이 열린 것이다.

돈이 주인 노릇하는 세상은 욕망을 확대 재생산함으로 유지된다. 화려한 의상을 입고 우리에게 다가오는 욕망의 본 모습은 폐허이다. 과도한 욕망은 초조감을 낳고, 초조감은 이웃에 대한 적대감을 낳고, 적대감은 폭력을 낳는다. 폭력은 자기 파괴와 외로움으로 귀착된다. 자기 이익을 추구하는 데 감 빠른 사람들, 두길보기에 익숙한 사람들로 가득 찬 세상은 상상만 해도 끔찍하다. 자기 삶의 자리에서 희망의 공간을 넓혀가는 이들이 있다. 그들은 열대우림이나 식물성 플랑크톤처럼 생태계에 희망의 산소를 공급한다. 다시 한번 생텍쥐페리의 말을 떠올린다. "오직 방향만이 의미를 지니고 있다. 중요한 것은 도착하는 것이 아니라 어딘가로 향해 가는 것이다." 스산한 바람이 옷깃을 여미게 하는 이 늦가을, 우리가 지금 어디를 향해 가고 있는지 돌아보아야 한다.

(2024.11.29.《경향신문》)

인용문 출처

이 책의

71쪽   막스 베버, 『소명으로서의 정치』, 박상훈 옮김, 최장집
        해제, 후마니타스

81쪽   리베카 솔닛, 『이 폐허를 응시하라』, 정해영 옮김,
        펜타그램

92쪽   엘리 위젤, 『벽 너머 마을』, 곽무섭 옮김,
        가톨릭출판사

140쪽   정현종, 「한 숟가락 흙 속에」, 『한 꽃송이』,
        문학과지성사

151쪽   윤석중, 「넉 점 반」, 『넉 점 반』, 창비

163쪽   나희덕, 「부패의 힘」, 『그곳이 멀지 않다』, 문학동네

164쪽   최종원, 『수도회, 길을 묻다』, 비아토르

175~176쪽 김진해, 『말끝이 당신이다』, 한겨레출판

204쪽   니코스 카잔차키스, 『그리스인 조르바』, 이윤기 옮김,
        열린책들

242쪽   지그문트 바우만·스타니스와프 오비레크, 『인간의
        조건』, 안규남 옮김, 동녘

255쪽   나희덕, 「가능주의자」, 『가능주의자』, 문학동네

279쪽   아브라함 조슈아 헤셸, 『사람은 혼자가 아니다』,
        이현주 옮김, 한국기독교연구소

글의 사용을 흔쾌히 허락해주신 분들께 감사드리며,
출처 확인이 어려워 미처 허가받지 못한 인용문에 대해서는
현암사 편집부로 연락 주시면 신속하게 처리하겠습니다.
감사합니다.

최소한의 품격

초판 1쇄 발행 2025년 3월 27일

지은이   김기석
펴낸이   조미현

책임편집   최미혜
디자인   나윤영
마케팅   이예원, 공태희
제작   이현

펴낸곳   (주)현암사
등록   1951년 12월 24일 (제10-126호)
주소   04029 서울시 마포구 동교로12안길 35
전화   02-365-5051
팩스   02-313-2729
전자우편   editor@hyeonamsa.com
홈페이지   www.hyeonamsa.com

ISBN 978-89-323-2415-9 03810